La rosa de la China

Jaime Panqueva

La rosa de la China

Planeta

La rosa de la China fue ganadora en 2009 del Premio Juan Rulfo para primera novela bajo el título *Tribulaciones de chinos en Indias*

Diseño de portada: Lizbeth Batta Fernández
Ilustración de portada: Víctor Vélez
Ilustraciones en páginas interiores: Jorge Vallejo Murillo

Bajo el sello editorial PLANETA M.R.
Avenida Presidente Masarik núm. 111, 2o. piso
Colonia Chapultepec Morales
C.P. 11570 México, D.F.
www.editorialplaneta.com.mx

Primera edición: marzo de 2011
ISBN: 978-607-07-0651-6

Impreso en los talleres de Litográfica Ingramex, S.A. de C.V.
Centeno núm. 162, colonia Granjas Esmeralda, México, D.F.
Impreso y hecho en México – *Printed and made in Mexico*

Para Karla

I

1634 ✣ EL AMANECER

Nuevamente, Alberto Esteban dudó frente a la maciza puerta de la casa del chino Domingo Suárez. Sus ojos almendrados echaron de menos el aldabón, instrumento que no era empleado en el barrio de San Sebastián el Alto, un asentamiento de casas desastradas habitado por mestizos e indios de baja estofa. Alberto Esteban sabía que Domingo estaba atendiendo sus negocios en la Vera Cruz, por lo que, de seguro, sólo su esposa acudiría al llamado. El muchacho, con sus dieciséis años apenas cumplidos, tensaba su correosa musculatura, desarrollada a fuerza de trasegar y blandir la espada, mientras ansiaba poseer el don de la invisibilidad.

Se armó de valor y volvió a golpear la madera, esta vez con toda la palma de la mano, sin importarle el ruido. Aguardó un instante y luego giró para explorar la calle por donde pronto aparecerían los artesanos, indios, monjes y funcionarios que daban vida a esa, la Puebla de los Ángeles.

Una voz femenina, aunque grave, que hablaba mal el castellano, se escuchó del otro lado de la puerta. Alberto Esteban murmuró la urgencia de su mensaje y trató de esconder, poniéndose de lado, la sangre que manchaba sus calzas y su capa. Al ser reconocido el santo y seña, la tranca de la puerta se descorrió. De la penumbra originada por los postigos cerrados emergió la silueta resplandeciente de Catarina San Juan, ataviada con un traje amplio de beguina de lienzo de castilla y bayeta, que le permitía ocultar los cilicios, las espinas de zarzas y otros refinados implementos de penitencia. La mujer vio a Alberto Esteban cruzar de prisa el umbral, con el rostro embozado y semicubierto por el ala del sombrero e intuyó que la pesadilla de esa noche se había convertido en realidad.

Juntos atravesaron, sumidos en la oscuridad y sin mediar palabra, el humilde zaguán que olía a orines de niño y conducía a un patio rudo y austero.

La pareja cruzó el solar con dirección al cuarto de cocina. Allí, Catarina, sin ocultar la zozobra que le causaba la presencia del muchacho, con movimientos nerviosos intentó encender el fuego sobre los tímidos rescoldos del día anterior. Él la observaba en silencio. No podía apartar la vista de aquella piel que brillaba en la oscuridad y adquiría un tono ocre con las primeras llamas de los maderos. Esperó algunos segundos más, como en una justa de esgrima, para medir las primeras palabras que diría y luego rompió el silencio.

—Mi señor se encuentra bien, mas debo acompañar a vuesasted al Cubil del Dragón, donde se reunirá de nuevo la compañía —Catarina sintió en la voz de tenor de Alberto Esteban, que le dirigía la palabra por primera vez, una voluntad que hasta entonces le era desconocida.

—Sé que está bien —respondió Catarina—. El ángel que lo protege habló conmigo anoche, pero el demonio aún lo persigue, lo desea y no cejará hasta aniquilarlo.

Luego, la mujer clavó la mirada en el rostro alargado del escudero, lo recorrió por las mejillas imberbes, con algunos rastros de acné y lodo, y se detuvo en la quijada ancha, quizás el único rasgo rotundo que permitía calificarlo como un adulto. Lo vio acercarse al fuego recién encendido y continuó:

—Tú debes alejarte de él, mozo, será por el bien de todos.

Alberto Esteban se detuvo apenado y, aunque lo intentó, no pudo sostener el duelo visual que en el claroscuro de aquel habitáculo planteaba Catarina; el muchacho prefirió dejar caer un mechón de pelo lacio que se había liberado de la coletilla maltrecha y que, al cruzarle la cara, ayudaba a disimular su sonrojo. Recordó los comentarios que había escuchado sobre la naturaleza indostana de la vidente que exponía constantemente su buen nombre de mujer casada para visitar a Rolando Edmundo en sus escondites. Cómo las adversidades de sus escasos veinticinco años, su origen lejano, conversión y peripecias en ultramar la habían acercado al líder de la Banda de las Cinco Bienaventuranzas. También, por primera vez, escuchaba su acento sibilante, ese castellano bozal de una joven que se vestía como vieja y a la que Rolando Edmundo amaba, temía y respetaba. Las ideas que le venían a la mente al escudero parecían ser leídas una a una por la poderosa Catarina quien, frente al fogón, lo asediaba con esos ojos de negro fulgor. Ella, sin embargo, al contemplar a aquel hombre-niño arrinconado, decidió aflojar la presión:

—¿Qué tienes en el costado, mozo? —dijo señalando su jubón.

Reclinándose en la tabla de cortes y desplumes, Alberto Esteban descubrió la rasgadura sobre la camisa de lienzo y su escandaloso borde de sangre coagulada en una herida sin duda leve. La daga de *el Paisita* le había dejado un discreto recuerdo que, de no ser por sus reflejos juveniles, habría terminado medio palmo más adentro.

—No es nada, un rasguño, pero hay otros que no tuvieron esta suerte —comentó el discípulo de Rolando Edmundo.

Catarina quiso darle un vistazo a la lastimadura. Al acercarse, el muchacho percibió aquel olor comparable con las especias traídas de Oriente, la canela de las Molucas, el clavo de olor de Formosa, la mirra de la tierra del Mogor...

Mirrha en tu lengua significa amargura y así te bautizaron tus padres, al nacer princesa en palacio de marfil. Dulces fueron tus primeros años, pero la guerra te trajo su tormento; primero el destierro a la costa, lejos de tus montañas y jardines, al poco tiempo el rapto por los portugueses, las vejaciones, tu herida de lanza en la pierna izquierda. Fuiste entonces fruta cautiva, mascota amarga, muñeca morena en manos de bárbaros, pieza de intercambio ultrajada y desfigurada por la envidia. Hasta un día en que el cielo se abrió y los hombres de la Compañía te bautizaron en pie como Catarina San Juan.

—Esta espada volverá a buscarte, mozo, debes estar preparado.

Catarina limpió la herida con agua rezada y bendecida por ella misma, que vertió de un extraño recipiente similar al cacho de un unicornio. Era un regalo que había recibido de un monje curandero, cuyo poder empleaba para sanaciones que habían consolidado su fama como la curandera más eficaz de Puebla.

Alberto Esteban estaba fascinado por la atención de la dama, a pesar de la animadversión que él parecía despertarle; su tacto era cálido, reconfortante y penetraba en la piel hasta acariciar la médula de los huesos. Pocas veces la había visto tan de cerca; detalló cómo el rostro prematuramente envejecido contrastaba con un cuerpo lleno de vida que, aun cubierto del cuello hasta los pies, guardaba latente la agilidad de una bestia salvaje.

Las campanas del cercano templo de la Concepción tocaron la prima, Catarina se arrodilló, conminando al escudero a que hiciera lo propio.

—Debes partir antes de que te vean conmigo —le ordenó al terminar el rezo—, dile a tu señor que iré mañana, hoy no debe ser.

El joven estaba asombrado por la forma de hablar de Catarina; tenía fama de comunicarse con las órbitas celestes y profetizaba de una manera indirecta, pero con tanta seriedad que llevar la contraria se convertía en un negocio difícil.

—La orden de mi señor fue clara, debo escoltarla hoy mismo hasta él. Hay muchos heridos...

Catarina refunfuñó en una extraña lengua, pero la irrupción de Diego, hijo de Domingo Suárez, su siempre ausente esposo, le impidió responder. El niño de cuatro años, a quien Catarina cuidaba como si fuera propio, se quedó a mitad de camino entre la puerta y la mujer. Tenía los rasgos sangleyes de su padre y el tono indígena de la mujer que lo había parido como fruto de los frecuentes adulterios de Domingo. Catarina alzó al pequeño pidiendo a su visitante que la esperara.

Alberto Esteban, incómodo, recorrió con la mirada la cocina. Observó cómo algunos de los recipientes de barro de las hierbas de olor llevaban el sello inconfundible del trabajo en mayólica de Rolando Edmundo. Lo vio con desagrado, pues eran obras de arte dignas de la mesa del virrey y no de la choza de un chino, por más amores o lo que fuera que tuviera su señor con la mujer que acababa de abandonar el recinto. Cada pieza, extraordinariamente ejecutada por su señor, podría adornar sin rubores los manteles del marqués de Cerralvo, máximo representante de su majestad católica en la Nueva España. Al repasar los demás cacharros y el cántaro del agua de pozo, se preguntó cómo podía funcionar aquel matrimonio amañado entre Domingo y Catarina, cuando el chino pasaba la mayor parte de su tiempo en la Vera Cruz o en los lupanares del barrio de San Ángel Custodio o Analco. Ella, por su parte, extendía sus actividades a los oficios de puntera, lavandera, cocinera y chocolatera en casa del clérigo Pedro Suárez, amén de las misas y rezos y visitas diarias en los templos de San Francisco, la Compañía y de la Concepción. Esto sin mencionar las visitas a sor María de Jesús, su confidente en el plano espiritual y a Rolando Edmundo, quien hacía lo propio en lo que al ámbito más carnal parecía referirse. También sabía que aquellos eran unos tiempos en los que las apariencias podían más que la realidad oculta tras de ellas; donde la santidad comulgaba con el Maligno, los agiotistas se escondían bajo las sotanas de los curas y la podredumbre de la metrópoli se derramaba más allá de las orillas recónditas de sus virreinatos y capitanías. Así, no era tan extraño que si el clérigo había criado a Domingo Suárez como a un hijo, le hubiera buscado una esposa como Catarina, aprovechándose de la muerte de su antiguo amo, el capitán Miguel Sosa, quien al morir le regaló la libertad a su exótica pertenencia, pero no le dejó ni un real partido en veinte como herencia, lo cual hizo imposible que Catarina pudiera ingresar a algún convento para ejercer su verdadera vocación; dada la oscuridad de su pasado y de su piel y teniendo como única alternativa la mendicidad, ella no opuso resistencia ante la propuesta del clérigo.

Alberto Esteban no supo cuánto tiempo transcurrió entre la partida de Catarina y su regreso; el día empezaba a clarear y algunos destellos de luz se colaban entre los intersticios de las paredes de adobe. En el fogón, las llamas habían tomado fuerza y se mantenían estables, mientras las molestias de su herida, que tras la curación prodigiosa se habían manifestado con algunas punzadas, desaparecieron por completo.

Reclinado cerca de la estufa, revivió el combate desesperado de la noche anterior; lo mejor de la banda de Rolando Edmundo, unos quince hombres, se desplazaba bajo la lluvia hacia su guarida de invierno. Al llegar al recodo que algunos llamaban de las Ánimas, se oyó el primer arcabuz, que al parecer vino de atrás, pues uno de los jinetes de la retaguardia cayó como un fardo sobre el fango espeso del sendero. Rolando Edmundo trató de romper la celada y devolver el golpe, dio la orden de avanzar al trote hacia un vado que podía darles abrigo. De inmediato dieron comienzo las tandas de plomo y flechas que confirmaron los temores de que la escaramuza no se libraría contra la gente del gobernador, sino en contra de don Fernando de Cebrián, conocido por todos como el marqués de la Flota, quien al parecer no estaba tan muerto como muchos pensaban.

Del vado mismo llegaron disparos y saltaron algunos piqueros tratando de desmontar al líder y su avanzada. El movimiento de ataque fue bien previsto por el marqués, quien había podido movilizar a unos sesenta hombres para este encuentro. Sobre la cara este de la colina, el punto más alto del recodo, Alberto Esteban pudo divisar a su corcel que caracoleaba sobre los cuartos traseros, a la espera de avanzar para propinar el golpe de gracia. Junto a él, reconoció el sombrero de ala ancha del traidor, Everardo Aristizábal, conocido por todos como el Paisita.

¿Cómo había llegado a enrolarse Alberto Esteban en aquella mesnada? ¿Merecía realmente haber ganado la confianza del bandido más perseguido de la Nueva España? Para el joven, los cinco años de aventuras con Rolando Edmundo consistían en el único recuerdo grato de su vida; nacido de la más puta de las hijas de un tabernero, había crecido sin padre en una de las posadas sobre la ruta que conducía a la Vera Cruz. Criado por comerciantes, viajeros, vagabundos y buscones, soñó durante su infancia abandonar aquel mesón para conocer el mundo. Su madre, renegando la ingratitud del progenitor de su hijo, a quien el pequeño nunca había conocido, hacía lo posible para ahuyentarle a golpes los deseos juveniles de buscar algo más grande que una posada de camino, así éste fuera un camino real. Su abuelo, Roque, el dueño del lugar, lo trataba con una condescendencia algo mayor de la que se suele tener con las ratas de las bodegas. Así que, cuando no era la madre, era Roque el que aprovechaba cualquier error para molerlo a palos, recordándole en todo momento su oscuro origen, patente en los rasgos mestizos de su cara. Todo cambiaría una noche de lluvia, con la aparición del más temido, el único capaz de asaltar los embarques reales de plata que partían hacia las Españas como bebida almibarada incapaz de saciar la hidrópica garganta de su majestad imperial Felipe III. Una noche en la que, de incógnito, pidió posada el imbatible Rolando Edmundo.

Pero no debía referirse a él solamente como un forajido; Alberto Esteban había llegado a conocer tan bien a aquel extranjero, cuya agitada vida le había confiado durante sus correrías, que no podía separar de su personalidad las inclinaciones por los viajes, el arte y la contemplación mística. Si acababa de lucubrar sobre la extraña relación de Domingo y Catarina, no era menos extraño el interés de Rolando Edmundo por aquella hermosa santona de ultramar a la que debía llevarle casi veinte años de ventaja. Una relación que se cimentaba acaso en una atracción mutua por haber recorrido tantos millares de leguas de mar desde los reinos del Mogor, de Tsin, de las islas de Catai y del archipiélago de Luzón, para llegar a la Puebla de los Ángeles, cruce de caminos entre Oriente y la cristiandad. Seguramente serían aquellos lugares en común los que compartían en los momentos en que lograban estar juntos, cuando nadie, ni siquiera el joven escudero, podía interrumpirlos. Sin duda una misteriosa unión comunicaba a las almas más admiradas y temidas de la comarca. Hasta hoy, él, uno de los pocos sobrevivientes de la incursión armada del marqués de la Flota, había podido intercambiar algunas palabras con la San Juan y sucumbir de fascinación ante sus ojos azabache y ese castellano tan mal hablado. Su deber y todavía una asignatura pendiente: escoltarla lo antes posible hasta el lugar seguro donde los esperaba su señor.

Cuando Catarina entró en la cocina, pudo observar cómo el mozalbete absorto en sus cavilaciones hurgaba en los jarrones de las hierbas.

—Esos fueron regalos de tu señor —comentó sorprendiendo al joven, quien se sonrojó al verse descubierto—. Si tienes hambre puedo darte algún trozo de pan —dijo señalando una hogaza colgada de un gancho en la pared.

—Debemos partir cuanto antes —insistió el muchacho y cuando quiso decir que mientras más alzara el día, mayor sería el riesgo, Catarina salió refunfuñando de la habitación.

Contrariado, Alberto Esteban dejó el recipiente sobre la mesa y no supo si debía adentrarse en la casa para buscarla. Hasta donde tenía noticia, el lugar era habitado sólo por Catarina, Diego y la barragana de turno de Domingo. El joven se sorprendió nuevamente en la duda y lamentó no haber templado lo suficiente su carácter para actuar sin dilaciones. Envidió las resoluciones inmediatas y acertadas de su señor Rolando Edmundo; hizo acopio de los arrestos físicos que le quedaban tras la batalla y la huida, empuñó con fuerza su espada enfundada y partió detrás de la dama que parecía esperarlo envuelta en la húmeda claridad del patio.

—No debo partir, hoy es día de guarda, algo temible podría pasar... —esta vez la voz de Catarina, por alguna razón desconocida, recitaba una súplica y no una orden.

Alberto Esteban intentaba medir cada una de sus palabras. No podía aceptar la negativa como respuesta; cada instante apremiaba. Mientras pensaba cómo convencerla sin exponer todo lo que él sabía o creía saber sobre ellos, observó cómo el rostro de Catarina palidecía, su respiración se dificultaba y su cuerpo se doblaba hacia una de las columnas que sostenía el techo del solar. Catarina abrazó luego la columna y se agachó hasta quedar en cuclillas. Antes de que cayera del todo en tierra, Alberto Esteban la asió de un brazo y la recostó contra una de las paredes encaladas que conformaban el zaguán. Sin saber con exactitud qué hacer, palpó el rostro que empezaba a amoratarse; la mujer apenas si podía respirar. Al ver las gotas de sangre traspasar el sayal casi tan blanco como la pared en que estaba apoyada, deslizó sus manos bajo el ropaje de la vidente y descubrió las ataduras recién tensadas de un cilicio que aprisionaba su caja torácica. Al buscar los nudos que Catarina acababa de ajustar para contener algún embate ficticio del demonio, el escudero recibió una descarga cálida de aquella piel de sándalo. Aún conmocionado, echó mano de su daga y cortó las cuerdas. Sin esperar reacción alguna, alzó a la santa y se dirigió hacia la puerta.

Dos cabalgaduras lo esperaban atadas sobre un callejón situado a espaldas de la casa. Con paso ligero, creyendo no ser visto, levantó a Catarina y la colocó sobre la montura de la mula que tenía amarrada a su caballo. Descolgó un lazo, lo pasó por debajo y con él aseguró a la mujer sobre el lomo. Antes de cubrirla con un bayetón oscuro que traía enrollado en su caballo, Alberto Esteban vio cómo las facciones cadavéricas que había contemplado segundos antes, volvían con lentitud a la vida. Sintió un arrebato; con su mano temblorosa recorrió sin prisa la superficie del rostro, como si deseara llevarse una imagen táctil de Catarina San Juan. Además, en un gesto de ternura infantil, deslizó un par de dedos en los labios entreabiertos de la desmayada. Allí se detuvo y, retomando el control de sí mismo, la cubrió con la tela y plegó los bordes para evitar que tocaran el suelo durante la huida. Subió de inmediato a su caballo y enfiló hacia la salida del pueblo con un trote corto, para no levantar sospechas.

La puerta de la casa de Domingo, sin tiempo para ser cerrada, se abrió ligeramente, mientras en la esquina opuesta de la calle asomó la sombra de un hombre con sombrero de ala ancha, quien tomó nota de la dirección en que había partido el fiel escudero y su noble carga.

Alberto Esteban dudó frente a la maciza puerta de la casa del chino Domingo Suárez.

II

Abril, día veinte del año de Nuestro Señor de 1694

Tras mi llegada a Puebla el día antes de ayer y mi alojamiento en el claustro de nuestros hermanos de Santo Domingo, he buscado en vano información sobre el lugar donde, según uno de los arrieros que me guió desde México, aún se rinde culto a la perra hereje de Catarina San Juan. Esto, muy a pesar de la prohibición del Santo Oficio desde hace tres años sobre los retratos de esta mujer, a quien se la ha presentado en repetidas imágenes como la Santa de la Angelópolis o la Amante de Jesús. ¡Ay de aquel que llegue a presentarme uno de sus retratos! ¡Líbrelo el Señor del fuego de los infiernos, pues no podrá salvarlo de la hoguera del Santo Oficio! No en vano me han nombrado a mí, Gonzalo Solís de Armida, calificador de la Inquisición y persecutor de los infieles y amigos del Maligno. Nada mejor para la defensa de la fe que un hombre de mis energías para sacar a los idólatras de sus madrigueras, para defender la verdad y someterlos a juicio ante el Supremo Tribunal. Ya verán aquellos que ante mi elección me tildaron de demasiado joven o falto de juicio, les demostraré mis capacidades para reducir a quienes desean infamar las Sagradas Escrituras...

Debo reconocer que mi llegada a esta ciudad, de tan fuerte aroma a santidad, no ha sido del todo fácil. Las cofradías locales y los hermanos de la Compañía de Jesús se han unido para obstaculizar mi tarea; corroborar los hechos plasmados por el padre Alonso Ramos en su obra *Prodigios de la omnipotencia y milagros de la gracia en la vida de la venerable sierva de Dios, Catarina San Juan, natural del Gran Mogor, difunta en la Imperial Ciudad de los Ángeles de la Nueva España* (y a la que prefiero referirme solamente, por razones obvias, como los *Prodigios*), una biografía publicada tras la muerte de la china San Juan, hace ya seis años.

Este escrito fue prohibido casi de inmediato al pisar la Península por la Inquisición de las Españas por sus contenidos blasfemos y teología apostática. La veda no ha sido confirmada por el tribunal novohispano en consideración a la jerarquía de su autor y a la simpatía que por él han manifestado el obispo de Puebla, Manuel Fernández de Santa Cruz, el virrey Gaspar de la Cerda Sandoval y altas personalidades que llenaron con aprobaciones y pareceres decenas de páginas de cada uno de los tres volúmenes. Además del irrestricto apoyo del provincial de la orden jesuita y de personajes encumbrados y respetados dentro de la Iglesia y fuera de ella, como Antonio Núñez de Miranda, quien no tuvo empacho en redactar una extensa carta como prefacio.

Hay que recordar que no pocos esfuerzos han realizado los poderes locales para elevar a uno de sus ciudadanos a los altares y aunque Catarina San Juan no sea la única en proceso de canonización, pues comparte este camino con damas de las calidades de la madre Isabel de la Encarnación, sor Agustina de Santa Teresa o la venerable sor María de Jesús, es de mi cuenta la que actualmente goza de mayor apoyo popular y eclesiástico. Su proceso es auspiciado por los poderosos jesuitas, quienes proponen al antiguo arzobispo y virrey Juan de Palafox, un personaje con el que la perra bozal, según mis averiguaciones, mantuvo estrecho contacto.

Los poderes locales han obrado en contra de mis investigaciones con un sigilo e hipocresía deplorables. Me han sido negadas audiencias con los confesores de sus últimos años y en especial el acceso al colegio de los jesuitas, muy frecuentado por la mujer durante sus últimos años y en donde sospecho que puede hallarse el altar que, según comentaba un arriero que me acompañó en mi camino a esta ciudad, es visitado con fervor tanto por españoles de las mejores familias, como por mestizos de la ciudad.

De encontrar ese altar, tendría un motivo para solicitar más recursos al tribunal en México y llevar a buen fin mi tarea, además de recibir la atención de mis superiores en este asunto que todos quieren relegar al olvido. Estoy seguro de que los bienes que confiscaríamos a los culpables mitigarían la sequía de ingresos que sufre el Santo Oficio, pues lo poco que llega de nuestra majestad imperial apenas sirve para pagar nuestros míseros sueldos. Por si eso no bastase, hace ya años que no se realizan procesos memorables, como aquel de la persecución de los judaizantes, que llenó los bolsillos tanto de inquisidores, comisarios y de los más desvalidos calificadores. Una buena actuación en este caso haría despegar mi carrera y compensaría las penurias que he vivido alejado de mis tierras extremeñas.

Hasta el día de mañana sabré si el rector del colegio y autor de los *Prodigios*, el padre Alonso Ramos, se dignará a recibirme. La única puerta que ha permanecido abierta para mí y donde fui acogido con algo más que alegría mal disimulada, ha sido en el convento de nuestras hermanas dominicas de Santa Rosa de Lima. En buena parte debido a que una de mis primas es profesa de la orden y muy allegada a su superiora, sor Andrea de la Asunción, religiosa célebre en toda la comarca por sus excelsos experimentos culinarios.

Esta tarde, al volver del chocolate que me han brindado nuestras hermanas dominicas, me he recluido en la estancia que me ha sido asignada, para releer algunos fragmentos de los *Prodigios* y preparar mi primera visita con su autor. Sólo guardo memoria de haberlo visto cuando iba a los interrogatorios en nuestro claustro en México, mientras se debatía el contenido de sus textos. Por entonces, a causa del revuelo original que desataron sus escritos, fue removido temporalmente del cargo de rector de la Compañía en Puebla y trasladado a la capital. Hace algunas semanas, el padre Ramos fue restituido en su cargo y ha vuelto a Puebla, motivo por el cual he tenido que trasladarme con mucha discreción e incomodidades a esta ciudad para aclarar las verdades de la india embustera. Espero conseguir mañana una audiencia para visitar al lobo en su propia guarida y quizás así lograr algún progreso en esta inspección que parece estancarse.

Abril, día veintiuno

¡Ayúdame, Señor, a cumplir mi tarea! ¡Dame fuerzas en estos momentos de adversidad! ¡Guíame con tu luz para evitar las artimañas del Maligno! Se me ha puesto a dura prueba; el padre Ramos es un ser enigmático, cuya fe en sí mismo y en las causas que abraza, no admite argumentos en contra, ni la menor sombra de escepticismo. Es casi sobrenatural el ascendiente que ejerce sobre sus subalternos del colegio jesuita. Pude confirmar el motivo de su pronto regreso a Puebla, pues, a pesar de haber sido desacreditado como teólogo y biógrafo, mantiene intacto su prestigio como confesor de las familias más pudientes, así como el de administrador de los vastos intereses de su orden en esta provincia.

A mi llegada, no tuvo necesidad de esforzarse para demostrar cómo controla hasta el mínimo pensamiento y movimiento de los suyos. Desde el hermano lego que abrió la puerta del colegio hasta los encargados de la limpieza parecían saber de mi visita; me negaron el acceso a otras dependencias del lugar y me vigilaron durante la larga espera que su superior había planeado para ablandar mi voluntad. Asimismo fui requerido por varios de sus ayudantes que buscaban, mediante algunas preguntas sutiles y otras bastante burdas, sonsacar información sobre mi postura en cuanto al proceso que se adelanta en contra de sus *Prodigios* y de la apóstata Catarina. De los pocos que aceptaron ser preguntados, no recibí más que evasivas o comentarios de desagrado sobre las averiguaciones que se realizaron en México acerca de la «venerable madre», como se atrevió alguno a nombrarla. Dios por su misericordia y bendita Encarnación supo concederme templanza en aquel momento para no sucumbir ante la ira, evitando un escándalo que hubiera dado por terminada mi visita.

Como es lógico, todos negaron lo que me contó el arriero, es decir, que la celda en que Catarina murió y donde pasó sus últimos años fuese convertida en un lugar de culto. Podía sentir cómo el Gran Mendaz hablaba por la boca de aquellos hombres que, como yo, visten sotana o hábitos de religioso y que por el temor o la obediencia, o la mezcla de entrambos, ocultan los designios de su superior.

Varias horas de espera tuve que pasar en aquella estrecha antesacristía hasta permitírseme ver al rector Ramos. Finalmente, mientras cruzaba el patio del edificio para ascender al primer piso, donde éste tenía sus aposentos, recé con fervor a Nuestra Madre para que mi falta de mesura no actuase en detrimento de la justicia que busco.

La estancia del padre Ramos era amplia y poco amueblada. A través de los ventanales que daban a la calle se colaba la luz apenas retenida por unos cortinales tenues. Aunque no hacía frío en el exterior la habitación se mantenía caliente por varios braseros. Se me indicó tomar asiento en un sillón contiguo a la puerta de la habitación. Desde mi lugar pude apreciar algunas imágenes de procedencia filipina que adornaban una de las paredes, un Cristo agonizante con ojos rasgados y un san Cristóbal con incrustaciones de marfil. Entre toda aquella decoración algo extraordinario destacaba: un biombo de seis hojas, que separaba la sala de las visitas de la escribanía del rector, seguramente fabricado en esta ciudad por alguno de los habilísimos artesanos que tan buen nombre le han ganado a estos utensilios. No había visto nunca un biombo decorado con tanto arte. Sobre él, se habían recreado pasajes de las Sagradas Escrituras con un estilo que evocaba las manufacturas de Oriente traídas por el Galeón de Manila. Las láminas de madera que lo conformaban habían sido laqueadas y decoradas con nubes incrustadas de oro. La escena representaba la liberación de los animales en el monte Ararat tras el Diluvio. El dibujo incluía con gran detalle criaturas características de todo el orbe, incluso algunas que ya se han extinguido, como los dragones.

El padre Ramos observaba de reojo mis movimientos sentado ante un escritorio de madera de nogal con embutidos de hueso, mientras fingía escribir una carta importante. Estaba ataviado con la sotana más elegante que debía de poseer. Su estatura mediana, aunque algo robusta, no lo presentaba como una amenaza, con excepción de su piel sonrosada que, con la ira, parecía encenderse en un tono rojizo similar al de su gruesa y desagradable nariz poblada de granos, entre cuyos valles serpenteaban venas de color púrpura. Antes de prodigarme los saludos de rigor, hizo un par de comentarios casi al oído al hermano que me acompañaba y lo despidió con gravedad. Un silencio profundo acompañó este primer encuentro visual.

—Ruego sepa disculparme, padre Solís, si lo he hecho esperar mucho tiempo —interrumpió con una voz nasal, algo sibilante, que daba cuenta de su cinismo y soberbia—. Como rector de la orden tengo muchas actividades que atender.

Pensé de inmediato que si eso fuera cierto, alguien en su calidad no habría podido disponer de tan precioso tiempo para redactar los tres tomos que componen los *Prodigios* con sus más de tres mil folios. Eso sin mencionar el tiempo que le llevaba confesar a la india hereje, dos o tres veces al día.

Debo reconocer que preferí ser humilde y no busqué un enfrentamiento directo, opté por inquietarlo primero.

—El tiempo ha transcurrido rápido, pues no me ha faltado la compañía de varios de sus hermanos, con quienes he podido conversar muy a mi gusto —comenté—. Además, desde mi llegada a la ciudad hasta este momento, he tenido la fortuna de conocer mejor a las almas que la habitan y me han dispuesto de muy valiosa información para mis averiguaciones.

El padre no pareció inmutarse, lo que asumí como una muestra de su poder sobre el rebaño.

—Entonces habrá ya observado vuestra paternidad —respondió jactancioso— que la devoción que existe por Catarina San Juan no es cuestión de un biógrafo en particular, como se han atrevido a decir algunos de mis detractores en la capital —y dirigiéndome a uno de los sillones fraileros dispuestos como antesala, que me señalaba el padre, apunté:

—A tan extrema conclusión aún no he podido llegar, pero he escuchado rumores de la existencia de un altar en el que se le rinde culto, sin haber sido siquiera declarada por nuestra Santa Iglesia digna de ello.

—Podrá el padre Solís buscar por toda la ciudad y quizás encuentre algunas imágenes en los barrios de los indios, San Sebastián o en el de Analco, pero nada que llegue a violar en tan grande forma los preceptos del Santo Oficio —respondió Alonso Ramos, sin cambiar la sobria apariencia de su rostro, tomando asiento en el sillón que se encontraba frente a mí, separado por un candelero doble de piso—, ya que vuestra paternidad tiene bien sabido que las prácticas de los nativos se encuentran fuera de las tareas de la Inquisición. Puede también registrar mis pocas pertenencias, si a esos extremos desea llegar… —puntualizó extendiendo los brazos.

Ante el reto que se me presentaba, realicé una rápida pesquisa visual, pero como era de esperarse no pude encontrar objeto alguno que tuviera relación directa con la china San Juan. Al recorrer con mis ojos la habitación, sentía sobre mí la mirada burlona del rector. Bastante molesto por su actitud, preferí pasar a la ofensiva.

—No es mi intención —alegué— vincular a vuestra eminencia, ni a su orden con algún tipo de culto apostático. Sólo es mi oficio investigar hasta qué punto los misterios consignados en sus *Prodigios* pueden haber acaecido de la forma en que han sido presentados. Esto es de especial interés para el tribunal, pues estamos hablando de una criatura de raza impura que pretende irrumpir en el ámbito más sagrado de nuestra Iglesia.

El rostro del padre Ramos empezó a congestionarse al escuchar mi última frase llena de veneno.

—Es de todos sabido que hasta la más triste de las criaturas es hija de Dios Nuestro Señor y Creador del Mundo. No veo por qué debe cuestionarse la santidad a partir del origen de una mujer tan venerable: una virgen sierva del Señor.

—Hay una gran contradicción en eso último, vuestra eminencia, pues también se menciona que fue raptada, que vivió entre piratas y además estuvo casada con un chino de su misma calaña...

Poniéndose de pie con la cara encendida como un tizón de los infiernos, puñeteó uno de los brazos del sillón y con el pie alcanzó a sacudir las pavesas que yacían en el brasero.

—¡Virgen y pura! —gruñó exagerando el tono de su discurso—. Digna de la compañía de Nuestro Señor Jesucristo y de su Santísima Madre; digna de las visiones que he tenido el privilegio de consignar en su biografía, mujer santa que espera la justicia de su tribunal.

Con los ojos inyectados Ramos resoplaba mientras esperaba una respuesta de mi parte. Reconozco que, al verlo en semejante estado de agitación, perdí la idea general de mi visita y preferí, para calmarlo, demostrar mi conocimiento de sus escritos.

—Asumo que es por eso que defiende vuestra eminencia su condición, diciendo que Dios Nuestro Señor deseaba que se pareciera a María Santísima, en guardar su pureza en el estado de casada, viuda y virgen.

—En efecto, padre Gonzalo —indicó relajando el rostro y regresando a su lugar—, he ahí una prueba más de la infinita misericordia de Dios Padre hacia sus criaturas ínfimas y desvalidas.

—¿Hacia una china bozal, nacida en las tierras del Mogor, bautizada en pie, esclava, viuda, amante de Jesús y... virgen?

—Así es, padre Solís, es lo que está escrito —sentenció, clavándome sus ojos.

Ante la reacción que acababa de presenciar, estaba claro que el padre Ramos era un ser visceral que podía perder el control y actuar de manera inesperada, por lo cual debía moverme con suma cautela.

—Si se sabe que era tan docta en los misterios de la teología y tan conocedora de la liturgia y del rito, ¿cómo es que no leía las Escrituras ni dejó texto alguno? —y lanzándome una mirada de profunda satisfacción, respondió:

—He ahí otro misterio que nos ilustra la bondad del Dios de los Hombres y su generosidad para iluminar a sus hijos dilectos, ¿no lo cree, padre? Pero, dígame, ¿es ese el sentido de su visita? Durante los tres años que estuve en México discutí el asunto con su antecesor. El padre... ¿cuál era su nombre?

En ese momento, el hecho de mencionar al difunto hizo respingar mi cuerpo sobre el cuero del sillón que ocupaba.

—Antonio de Santacruz y Aguilar, que el Señor lo tenga abrazado en su Gloria —respondí sin ocultar mi consternación.

—Supe que estaba enfermo antes de regresar a mi cargo, ¿es que acaso ha muerto?

—En efecto —y santiguándome por su alma, comenté—: en muy extrañas circunstancias... Pensé que el padre Ramos estaría al tanto de ello.

Su negativa me puso en alerta, ¿por qué mentía? Era imposible que la noticia le fuese ajena: el padre Santacruz fue su mayor antagonista durante muchos meses y a él se debían las restricciones de culto y todos los cuestionamientos de sus escritos. Gracias al vacío que ocasionó la muerte del censor, pudo Alonso Ramos retomar nuevamente las riendas de su congregación en Puebla y regresar a su ciudad de origen. Por si buscaba seguir con la misma táctica de debilitamiento, intenté dar fin a su jugarreta, para retomar el objetivo de la audiencia.

—Puesto que las ideas y motivaciones de las averiguaciones del censor Santacruz le son más que familiares, estoy seguro de que vuestra paternidad no tendrá ningún reparo en autorizar mi visita al Colegio del Espíritu Santo y en especial al oratorio de los felipenses, donde se dice que Catarina San Juan realizó un exorcismo expulsando a un demonio en forma de larva.

Mientras el padre Ramos cavilaba con los ojos puestos en los repujados de cobre del brasero, no pude evitar recordar los comentarios de algunos de mis colegas de México sobre el posible envenenamiento del padre Santacruz, pues no era normal que un hombre saludable como él sucumbiera tan prontamente al cólico miserere que lo llevó a la tumba, según la versión oficial de nuestro hermano enfermero.

—No habrá obstáculo alguno para su visita, apreciado padre Solís, como tampoco a cualquiera de las demás dependencias en las que mi autoridad de rector es acatada y respetada. Confío que sus averiguaciones tengan el efecto positivo que todos los poblanos anhelamos para mayor deleite de Nuestro Señor Jesucristo —y volviendo la mirada hacia el crucifijo filipino que adornaba un pequeño altar en la pared, sentenció—: la comunidad será informada y vuestra paternidad podrá desplazarse con un salvoconducto que le haremos llegar a su aposento.

Dicho esto el rector Alonso Ramos se puso de pie y se dirigió a la puerta de la estancia. Me despidió con un abrazo que se me antojó idéntico al que Judas le prodigó a Nuestro Señor y, antes de azotar la puerta, comentó:

—La Puebla de los Ángeles es una ciudad extraordinaria, estoy seguro de que sabrá apreciarla tanto como lo hacemos sus hijos.

Salí a la calle por la puerta principal, cuando las campanas de la catedral iniciaban el llamado al rezo de las vísperas y corrí en dirección a Santo Domingo para evitar que me dejaran afuera.

Era de noche ya cuando me recogí en mi celda. Unos cuantos rosarios después, recibí al pequeño recadero del beaterio de Santa Rosa: al día siguiente mi prima me esperaba para comer con las hermanas de la congregación. Según el jovenzuelo, la madre superiora haría preparar uno de los más excelsos platos de su invención y, como la tarde anterior había visto mi afecto por el chocolate, no dudó un segundo en invitarme a su refectorio. La noticia me alegró poco, pues mi ánimo en esos momentos no estaba para inventos culinarios.

El padre Ramos oculta algo y estoy seguro de que en ello está la clave para que la verdadera santidad de la india embustera brille por sí misma o se hunda para siempre en el légamo inmundo de su origen.

Abril, día veintidós

El salvoconducto llegó a mis manos cerca de la hora tercia. No quise esperar más y me lancé de inmediato a la calle con dirección al Colegio del Espíritu Santo. La actitud amable pero hermética del padre Ramos había contagiado a todos los hermanos que hallé a mi paso. Fui acompañado durante todo el tiempo del recorrido a través de solares, corredores, oratorios y otras dependencias, por historias sobre la santidad de la San Juan, sus visiones, las enfermedades que padecía en su ancianidad y las torturas que seguía infligiéndose a sí misma para mortificar aún más su cuerpo seco, semiparalítico y casi ciego. Sin embargo, me fue imposible obtener algún dato o comentario que no estuviera consignado ya en los *Prodigios*. Lo único novedoso fue que los hermanos conocían al dedillo algunos de los versos que le fueron dedicados durante el gran triunfo que se organizó para sus funerales y que me sirvieron como prueba de la devoción que todavía se le profesa:

Soy una nao de la China,
que una china desembarcó,
Acapulco es poco barco,
para abarcar esta china.

Es mi nombre Catarina,
mi rumbo sin barlovento,
Espíritu Santo el viento
y San Ignacio capitán;
sus pilotos me pondrán
en tierra de salvamento

Otros la comparaban con las santa Rosa existentes, incluida la de Lima, dando por sentada su inclusión en los altares de la Iglesia.

¿Quién, decid, es esta rosa?
Esta rosa no es peruana
ni es Viterbo flor temprana
que es en florecer morosa;
ni es flor esta alejandrina,
no es rosa jericundiana
quien muerto resucitó
decid, o lo diré, yo:
esta rosa es de la China.

Y si no bastase celebrar su vida pirática y pagana con versos de tan poca monta, no menos escándalo me produjo la sabiduría atribuida por el pueblo:

Catarina ¿qué sería
que siendo bozal cerrada
con lengua tan agraciada
hablabas en teología?
¿De quién sabiduría
aprendiste? Que de dos:
amor y temor de Dios
me responderás que fueron
los maestros que instruyeron
tu alma, tu lengua y tu voz.

De tanta exaltación de su nombre y condición no podía tampoco escapar de mi atención la lápida en alabastro que cubría su tumba en la sacristía del templo de la Compañía de Jesús y que aludía de nuevo a uno de los puntos más controvertidos con el rector: *venerandam in Christo virginem* (Venerable en Cristo virgen). Por si fuera poco, la inmodestia de los poblanos a la hora de su muerte contrasta con la humildad que se le atribuye a su figura: *per virtutum omnium cumulum Deo imprimis hominibusque dilecta / regio sanguine illustris servitute tamen pauper et humilis* (amada de Dios y de los hombres ilustre y de sangre real, humilde y pobre en la servidumbre). Y si de humildad local se trata, la ilustre ciudad de Puebla gran mérito ha tenido en impulsar su alma al cielo, conforme el *quam Mogor mundo Angelopolis coelo dedit* (a la cual el Mogor dio al mundo y la Angelópolis al cielo).

Algo más que versos y latinajos debía encontrar para poder encauzar mi juicio hacia la verdad, pues a pesar de las grandes dudas que habían generado los textos y los escritos posteriores del padre Santacruz, empezaba a conmoverme el fervor y la veneración que emanaba de los hermanos más humildes.

Cuando llevaba bien avanzada mi visita al colegio, observé a varios presbíteros dirigirse al refectorio, lo que trajo a mi memoria la invitación de mi prima, que con tantos versos e ires y venires había olvidado por completo. Ante el estupor de mis acompañantes, pues aún no había visitado el oratorio del exorcismo, me disculpé por no aceptar su invitación a comer (por memoria del padre Santacruz, estoy seguro de que hice bien) y salí como una saeta en dirección del beaterio de Santa Rosa, que se hallaba hacia el noroeste, a unas diez cuadras de distancia.

Para resguardar mi cordura, fue un gran acierto huir de aquellos devotos fervientes de la china idólatra. De lo contrario, era probable que en unos días me convirtiera en un defensor de su causa, tan acérrimo como el padre Ramos. Por otra parte, por mi conocimiento de la naturaleza humana no habría nada mejor que traer el tema de la santidad de Catarina San Juan a la mesa de mis protectoras del beaterio, para empezar a enterarme de aquellas verdades que tan bien saben resguardar las mujeres.

Casi sin aliento por la carrera, doblé la esquina de Santa Rosa e ingresé en el claustro luego de darme a conocer varias veces con la hermana tornera, más sorda que un buñuelo.

Presenté mis disculpas ante la superiora y demás monjas instaladas ya en el refectorio y ocupé mi lugar. La sala era amplia, su techo decorado con alfarjes y las paredes pintadas a la usanza italiana. Las primeras en entrar fueron las hermanas que estaban siendo castigadas por asuntos menores, como tratar con descuido los libros comunes, reírse en el coro o dormir en el tiempo de estudio. Cada una traía en sus manos una escudilla de madera con pan duro y un guaje para recibir el agua, sentí pena porque ninguna de ellas comería con nosotros. Tomaron asiento sobre el suelo. Luego, llegó la hermana lectora quien dio comienzo a la ceremonia leyendo algunos salmos.

Mi prima me comentó que el platillo principal se había preparado por vez primera en honor de una tal sor Filotea, quien había hecho posible la fundación reciente del convento y las construcciones que en este momento se llevaban a cabo para convertirlo en uno de los primeros con la advocación de la única santa de las Américas. La verdad, nunca había oído mencionar a la tal Filotea, me parecía curioso que una monja lo hubiera fundado sin ayuda alguna del poderoso obispo de Puebla, monseñor Manuel Fernández de Santa Cruz, y se lo expresé a mi prima. Esto ocasionó muchas risas entre las demás asistentes. Sor Andrea de la Asunción, la madre superiora, se dirigió hacia mí con gran ternura y me explicó que aquellas dos celebridades eran la misma persona. El rubor en mi cara ocasionó más risas entre las profesas que mi impertinente pregunta. La abadesa, para confortarme, declamó este soneto que, a propósito de todas las rosas con las que me había topado durante el día, era bastante pertinente:

Rosa divina que en gentil cultura
eres, con tu fragante sutileza
magisterio purpúreo en la belleza,
enseñanza nevada a la hermosura.
Amago de la humana arquitectura,
ejemplo de la vana gentileza,
en cuyo ser unió naturaleza
la cuna alegre y triste sepultura.

¡Cuán altiva en tu pompa, presumida;
soberbia el riesgo de morir desdeñas
y luego, desmayada y encogida,

de tu caduco ser das mustias señas;
con que con docta muerte y necia vida,
viviendo engañas y muriendo enseñas.

Era de una tal Sor Juana Inés de la Cruz, al parecer corresponsal y amiga de la mentada Filotea o más bien, del obispo.

El coloquio fue seguido por la irrupción súbita, desde los cuartos de cocina al comedor, de un gigantesco plato de mayólica de Talavera. Un pavo descomunal, acarreado por dos novicias que pujaban bajo su peso, atravesó bamboleante la estancia llenándola con un olor tan dulce, que a mi parecer debe de ser el que emana el Jardín del Edén cuando abre sus puertas a las almas que alcanzan la gloria eterna. Tal aroma emanaba de una salsa del color del hábito de los Carmelitas, que recubría la totalidad del ave y que formaba un denso pantano en el fondo del recipiente. Por estar concentrado en la entrada del magnífico animal y embebido en sus fragancias, me perdí del resto del desfile. Bandejas con tortillas, calabazas, camotes, panes, salsas y frutas multicolores precedían a las jícaras con bebidas almibaradas, aguas de fruta, horchata y tepache. Mi apetito, aumentado por la carrera desde el colegio de los jesuitas, me hizo olvidar las preguntas que había preparado para mis anfitrionas, por lo que me deleité con la oscura carne del guajolote. A este mismo, en alguna ocasión lo catalogué erróneamente como un ave carroñera, pues pienso que debió haber caído del Arca de Noé en alguna de las tormentas que soportó durante las cuarenta noches con sus días de diluvio y, por ventura de los indios que habitaban estas tierras, llegó a nado hasta sus orillas, para ayudarles a complementar su dieta de insectos y plantas de nombres impronunciables. Es decir, siempre la consideré comida de indios y no un platillo digno de las mesas castizas.

Sor Andrea, la abadesa, mientras observaba la forma en que devoraba su creación, contaba los refinamientos con los que había mezclado varias clases de guindillas o chiles, como los llaman los nativos, chocolate, tortillas tostadas y varias especias más para conformar la salsa que deleitaba nuestro paladar. Tal y como lo había hecho por primera vez para un homenaje a sor Filotea, quien en cuestiones de comida era muy proclive a hacer la vista gorda ante los votos de pobreza. Luego, nos refirió una serie de preparaciones exóticas que tenía previstas para próximos convites. Me llamó mucho la atención el afecto que profesaba a unos chiles verdes muy propios de la zona, pues hacía mención a una receta en la que los rellenaba con varios frutos secos, luego los cubría con un menjurje blanco de nueces peladas para, finalmente, adornar el plato con los intestinos de una granada. Tan absurda combinación provocó mi desagrado, haciéndome recordar las penurias alimenticias sufridas en mi viaje desde la Península a estas tierras; cuando se me pidió opinión, alegué que una mezcla de estas características debía servirse a alguien que tuviera suficiente vigor en las entrañas. Sor Andrea replicó, que quizás aún no había nacido tal personaje y que habría que reservarlo para un futuro no muy lejano.

En la hora de los postres, empecé a relatar mis andanzas en el colegio y algunas de las conversaciones con el rector Ramos. De esto último, aunque acaecido el día anterior y realizado en lo que consideraba hasta entonces privacidad y discreción, tenía ya conocimiento hasta la más novicia de las monjas. Inclusive algunas se preguntaban cuál era el verdadero motivo de mi visita a Puebla, pues por lo que supieron de la charla, había hecho contacto con el mayor defensor de Catarina San Juan, en vez de haber indagado en la ciudad con las hermanas concepcionistas o con las del Convento de Santa Teresa, ya que varias de ellas la habían conocido de mucho tiempo atrás. Las monjas parecían divertirse con mi candor y sorpresa. Mi prima buscaba mitigar el bochorno que sentía quizás por verse vinculada conmigo. De repente, se puso de pie y consultó algo en voz baja con la madre superiora. El comedor se quedó en silencio. Yo, para no hacerme notar, continué masticando los chabacanos confitados que escogí como sobremesa y clavé la mirada en el techo artesonado que me recordaba el comedor familiar de mi natal Cáceres.

—Lo que busca el padre Solís —exclamó sor Andrea quebrando la fragilidad del silencio— lo podrá encontrar con seguridad donde vivía el capitán Del Castillo y Altra. En esa casa podrán guiarlo en sus averiguaciones como es debido.

Y dicho esto, dio dos fuertes palmadas como señal de que la cena había concluido. Todas las monjas, menos mi prima y la superiora, abandonaron en perfecto orden el salón. Con disimulo y rapidez me deshice de los huesos de la fruta tirándolos al piso.

—Ahora, permítanos conversar con usted a solas, padre —comentó de nuevo sor Andrea, iluminando el refectorio con sus pupilas grises y su piel del color de la luna. Mi prima, con un empujón, me dio a entender que debía acercarme a la abadesa—. Antes que nada —dijo mientras me sentaba a su lado—, me veo en la obligación de decirle que se ha tomado muy a la ligera su misión. La totalidad de la ciudad considera a Catarina San Juan una santa venerable y hará lo imposible por demostrar que así es.

Para defenderme, comenté que me encontraba estudiando la nueva hagiografía del padre José Castillo Graxeda, que buscaba corregir los excesos del rector Ramos. Sor Andrea me escrutaba mientras le relataba mis planes de visitas e indagatorias. Me alertó que el padre Ramos haría lo que estuviera a su alcance para que mi averiguación diera como resultado la autorización para circular los *Prodigios* en América y España o, por lo menos, la eliminación de los obstáculos para que el proceso de canonización de Catarina San Juan siguiera su curso. La abadesa me trataba como si fuera un hijo desvalido, aunque yo insistía en exaltar las capacidades del Santo Tribunal (de las que yo mismo dudaba) para vencer las posibles maquinaciones del defensor de la presunta santa. Sor Andrea, con dulce firmeza y un cálido toque de sus manos, me volvió a la realidad.

—Padre Solís, usted parece subestimar el poder del rector en nuestra ciudad, nunca olvide que él tiene informantes por doquier, incluso entre los fieles de Santo Domingo. Para nadie es un secreto que con el dinero de las arcas del colegio se ha comprado la voluntad de los comisarios y familiares del Santo Oficio de Puebla. Con seguridad, el padre Ramos sabe ya de su visita a nuestro claustro y no le permitirá entrar a la casa del capitán Del Castillo o siquiera conversar con alguno de sus habitantes. Recuerde que no está en México y que si por el momento parecen abrírsele todas las puertas, todo ha sido minuciosamente preparado para que usted vea sólo lo que él desea.

Las palabras de sor Andrea resumían mis actividades de los últimos días. No pude hacer más que agradecer su sinceridad y prometer mayores esfuerzos para sortear los ardides del padre rector.

—No olvide, joven padre —prosiguió la superiora—, que puede contar con nuestra ayuda.

Y sin mediar palabras, la abadesa se retiró del comedor. Mi prima, al ver que su superiora había salido, se acercó a mi lugar para cobrar venganza por el ridículo que había sufrido por mis torpezas; sentí un escalofrío cuesta abajo por la espalda...

Julio, día quince del año de 1694
Adoramuste, laudamuste, glorificamuste!

Había perdido toda esperanza de volver a encontrar este diario. Creí haberlo perdido al salvar el pellejo huyendo de Puebla, pero, afortunadamente, un hermano de Santo Domingo lo rescató de mi celda antes que los esbirros del padre Ramos destruyeran las pocas pertenencias que dejé allí. Transcurridos tres meses de espera y con mucha discreción pudo remitírmelo a México donde sigo con mis oficios.

Emociones indescriptibles han recorrido mi espíritu al releer sus páginas, al recordar los momentos de angustia que viví y que aún están pendientes por consignar en él. Debo regresar unas semanas atrás, a aquel momento en el que varios golpes secos sonaron en la puerta de mi celda sita en el Convento de Santo Domingo. La medianoche apresaba el sueño de los habitantes de la Puebla y yo, para sobrellevar la espera, me encontraba registrando los sucesos del día en mi apreciado vademécum. Sor Andrea, tras la reprimenda que me propinó de sobremesa, había cumplido a cabalidad con su palabra: uno de los palafreneros del obispo Fernández se había colado en el monasterio en que me alojaba para llevarme de manera furtiva a la casa de la familia Del Castillo. Y si de regaños se trata, mi prima no hizo menos honor al fuerte temperamento de las dominicas, pues al retirarse la superiora y quedarnos a solas en el refectorio me propinó una salmodia de imprecaciones que habrían hecho palidecer a un mercenario tudesco, además de asentarme varios pescozones que no fueron más que el abrebocas de las aventuras que viví en aquella ciudad y en mi desesperado camino hasta México.

Para explicarlo mejor, debo volver a aquella tarde. Luego de la comida conventual rehíce mi peinado y me dirigí a la residencia de la familia Del Castillo y Altra, ubicada en la calle Portones. Mientras aguardaba en el solar de la casa para entrevistarme con el capitán Hipólito, sus hijos y su mujer, pude observar que uno de los nichos de la planta baja que daba al patio era custodiado de forma poco discreta. El cuarto no distaba mucho de ser un depósito de cal y argamasa, con la que se acostumbra a dar mantenimiento a los edificios. El asunto hubiera transcurrido indiferente de no ser por las empuñaduras de las toledanas que emergían entre las chaquetillas de tres jóvenes que semejaban ser oficiales del gobernador en día de asueto y que no dudaron en interponerse cuando, distraídamente, me dirigí hacia el aljibe que colindaba con la entrada del cuarto en cuestión.

Mi espera fue larga e infructuosa, como todas en esa ciudad. Me sentí vigilado tanto por los oficiales, como por algunas damas asomadas desde los corredores de la planta alta que daban al patio. Entonces presentí que el adoratorio que había mencionado el arriero se encontraba en aquel lugar y no en el colegio de los jesuitas, pues Catarina había prestado sus servicios a la familia Del Castillo y Altra durante los últimos años en los que su endeble condición se lo permitió.

Cuando empezaba a caer la noche, ante la renovada ineficacia de mis averiguaciones, no dudé en enviarle una nota a mi prima solicitando consejo; mi petición fue respondida con su joven mensajero y rubricada por los guantes del hombre que golpeó aquella noche la puerta de mi celda en el claustro. Ya para entonces me encontraba envuelto en las ropas más oscuras de las que disponía para salir a la calle. Juvenal, así se llamaba el palafrenero, complementó mi vestimenta con una capa y un sombrero negros, como la jeta del Enemigo. Además, con desenfado me pidió que me armara con una daga destripaperros con empuñadura de plata en filigrana, para poder demostrar mi condición de hidalgo en caso de topar con la ronda, pues es de todos sabido la prohibición que existe a los clérigos de salir a las calles de noche.

Sin mediar más palabras que las necesarias, Juvenal me llevó por el mismo camino, a través de los patios y cocinas desiertas del convento hasta la calle, sin ser vistos ni escuchados por nadie. Nubarrones en el cielo hacían la noche aún más oscura. El recorrido fue muy accidentado, dada mi pésima visión nocturna, pues siguiendo el largo tranco con el que mi guía se desplazaba, me tropecé en innumerables ocasiones y caí más veces que Nuestro Señor en la Vía de la Amargura.

Tras varios minutos alcanzamos una de las tapias de la mansión de los Del Castillo. Con alguna dificultad, a pesar de disponer de una soga que portaba el buen Juvenal, logramos escalar hasta el techo, sobre el cual nos arrastramos en un lento trayecto hasta una de las bajantes que comunicaba con el patio. Con la misma soga, descendimos sobre el empedrado, tras comprobar que la incómoda guardia de la tarde había desaparecido. La puerta, en cambio, estaba resguardada con un potente candado sin relación alguna con el valor de lo que normalmente se puede acumular en un lugar así. Casi una hora le tomó a Juvenal descerrajarlo con su daga y otros instrumentos que portaba entre sus ropas. En tanto, me agazapé en el rincón más oscuro del patio desde donde podía divisar cualquier posible entrada del personal de servicio o de guardia. Al quitar el candado, Juvenal, con la tranquilidad a la que me tenía acostumbrado, comentó que me abandonaría por un tiempo para vigilar el patio y, de paso, visitar a una de sus amigas en las habitaciones de servicio, además me proveyó de yesca y pedernal para poder encender alguna luz en el interior. No quise discutir el objetivo de su visita, me contenté con poder ingresar al recinto. Éste, húmedo y maloliente, despedía un desagradable vaho que alguien quiso disimular con incienso. El olor chocó contra mí al abrir la puerta. El largo tiempo acumulado en las esperas había hecho aumentar mi ansiedad, de manera tal que entré y cerré la puerta sin haber encendido una luz. No había ventana de ningún tipo y era tal la oscuridad que me vi obligado a palpar las paredes y varios muebles instalados en la entrada, mientras rogaba encontrar alguna vela que pudiese prender. Mi búsqueda se vio recompensada con una lámpara de aceite de Talavera que reposaba sobre lo que parecía ser un bargueño.

Bajo la tenue llama que iba cobrando vigor, la habitación tomó la apariencia de un oratorio; sillas y bancas muy cortas se apretujaban en el recinto. Varios candelabros con cirios de ceremonia franqueaban el altar y tras ellos había un retablo carcomido por la negritud que me envolvía y que pugnaba por devorar la tenue flama de la lámpara. Junto a la puerta, una lápida de piedra con inscripción en latín anunciaba al visitante que se encontraba en el cuarto donde había llevado su ejemplar vida la noble Catarina San Juan. Mi repugnancia fue en aumento al acercarme al retablo. En la cavidad central pude ver el rostro de la perra hereje, tocado con el velo blanco de una novicia. En diferentes hornacinas se presentaba la vida inmaculada de la mujer tallada en figuras de madera esmaltada.

De repente, se oyó un grito femenino que solicitaba ayuda desde el otro extremo del patio. Apagué la llama de inmediato y coloqué la lámpara sobre el retablo. Cuando di un precipitado giro para abrirme paso hacia la puerta, no reparé en uno de los macizos candelabros, tropecé con él y caí golpeándome contra un banco y luego contra el empedrado. Por su parte, el candelabro hizo un estruendo al caer contra la pared, hiriéndola gravemente. En el suelo y completamente a oscuras, mi preocupación iba en aumento. Escuché las voces de los criados que se reunían en el punto desde donde se había dado la alarma. Al parecer, el buen Juvenal fue descubierto en el cuarto de una de las chinas del servicio por una de las damas de compañía, quien despertó la casa con sus alaridos de sorpresa. Me deslicé sobre el enlosado para llegar a la puerta y observar el alboroto a través del umbral. Juvenal había escapado. En ese momento, se armaba un grupo para darle alcance y avisar a la ronda. Los silbidos de las espadas, los golpes de palos y las imprecaciones de los persecutores resonaban en el solar. Yo, el buen padre Gonzalo Solís de Armida, me hallaba solo, desvalido y acorralado en el terreno de una sierpe dispuesta a todo para conservar su culto secreto y abominable.

III

En el que se narra el arribo de Rolando Edmundo a las tierras americanas el día 12 del mes 10 del año 18 del Keicho, así como sobre los acompañantes de su viaje, sus motivaciones y los eventos que acaecieron a su llegada.

La comunión perfecta conformada por el azul del cielo y la superficie rizada del mar en el horizonte se quebró con una línea de tierra desértica. Recuerdo que desde la gavia del palo mayor, escuché el grito del vigía y su repetición mal pronunciada en español y portugués, que daba un carácter oficial a nuestra llegada.

Sentado sobre el bauprés del *Date Marú*, donde acostumbraba a realizar mis meditaciones, observé la cubierta llenarse de marinos enloquecidos por la euforia; algunos cantaban viejas canciones aprendidas en el Quanto, otros entonaban sones budistas, mientras los recién bautizados se persignaban al revés, dando gracias al Supremo Hacedor. Del alcázar de popa emergió exultante Tsunenaga Hasekura y a sus espaldas el padre Luis Sotelo. De inmediato, por el respeto que el embajador Hasekura despertaba en todos y antes de que el padre Sotelo empezara a renegar de las canciones heréticas y del paganismo que aún latía en algunos, cesó la algarabía. El japonés avanzó unos pasos y dirigió su mirada a Sebastián Vizcaíno, quien fungía como piloto de la nave. Éste desplegó un catalejo para escrutar la costa. Fue fácil para el menoscabado capitán reconocer el Mendocino, un cerro pelado en la costa de California por donde había pasado años atrás en una fallida expedición.

Los ojos de Hasekura se perdieron en la inmensidad de la tierra recién avistada, como si quisiera prever los cientos de peripecias que le aguardaban todavía. Sin embargo, algo en su mente le decía que había sobrevivido a lo más difícil. La importancia de haber alcanzado aquellos suelos que muy pocos nipones habían tenido el privilegio de visitar, impulsó al embajador a pronunciar un discurso. Con gran ceremonia, que denotaba el orgullo de presenciar aquel instante, el samurái subió al alcázar de popa y se dirigió a la marinería para recalcar su arrojo ante la meta alcanzada: construir, aviar y navegar una nave desde Tsukino-Ura en Oshu hasta la Nueva España; era el 26 de diciembre del año cristiano de 1613.

La aventura, sin embargo, estaba lejos de terminar; para completar nuestra misión aún era necesario bordear la costa de California, navegar hacia el sur hasta llegar al puerto de Acapulco, proseguir por tierra hasta México y el puerto de la Vera Cruz, reembarcarse en la Flota de las Indias, cruzar el golfo hasta La Habana, luego el Atlántico hasta la Península y presentar credenciales, primero, en Madrid ante el rey de las Españas y después en Roma para ofrecer las almas del archipiélago al Sumo Pontífice, Pablo V. Habíamos sobrevivido dos meses en el mar de un viaje que emplearía siete años en terminar y de cuyo triste final no sería testigo, pues comprendí, en buen momento, la inutilidad de semejante esfuerzo y su escaso alcance. Hasekura mismo lo percibió antes que yo, pero su lealtad irreductible hacia Date Masamune, promotor de esta expedición y señor de Sendai, la provincia japonesa de donde zarpamos, pesaba más que cualquier otra razón.

El honor de la familia que lo esperaba estaba en juego y Hasekura, además de hombre de familia, era un hombre de honor. El mismo guerrero que veinte años atrás había acompañado sin chistar al Date en la invasión de Corea dirigida por Hideyoshi y que ahora, con la misma abnegación, ejecutaba este encargo diplomático.

Es un buen momento para aclarar que algunos de los pormenores de esta embajada, de los que fui testigo y otros que me fueron relatados por protagonistas de primera mano, los iré narrando en la medida en que mi memoria me lo permita a lo largo de estos folios.

Por otra parte, quiero dejar noticia de algunos episodios que me condujeron al cautiverio voluntario en el que me encuentro desde hace cinco años en la ciudad de Puebla. Aprovecho para presentarme al lector que se interese por estos acontecimientos con el nombre por el que soy conocido en tierras americanas: Rolando Edmundo.

Mis recuerdos me llevan de nuevo al *Date Marú* y a su tripulación mientras se preparaba para enviar una barca a buscar agua fresca y bastimentos para las casi doscientas almas que bullían de emoción. En medio de la alegría de aquellos que pensaban que la nave, construida en poco más de mes y medio, se llevaría al fondo del mar sus quinientas toneladas de peso, el embajador mantenía la serenidad. Desde su lugar en la popa, empleó el código de señas que yo había aprendido durante el viaje, para llamarme a la cabina del capitán. El demonio de Luis Sotelo, orquestador de la expedición, se encontraba muy atareado preparando un tedeum sobre la cubierta y don Sebastián Vizcaíno, con la perenne preocupación por sus cajas de biombos, descendió por enésima vez a las bodegas para contarlas y revisarlas.

Me detendré más adelante para hablar de estos dos seres que hicieron lo que estuvo a su alcance para deshacerse de mí, pero antes quiero proseguir el relato con la entrega formal de mi *daisho* frente a la costa del Nuevo Mundo que representó para mí un nuevo nacimiento. Debo aclarar que, aunque durante la embajada fui tratado como un japonés más, mi ascendencia verdadera proviene de China y que por causas del destino (prefiero considerar la piratería como parte ineludible del destino) fui arrancado de mi hogar a joven edad. Luego deambulé como esclavo de piratas portugueses por los mares del Oriente, por las costas del Índico, el mar de la China, el archipiélago de Luzón. Tras muchas aventuras y vicisitudes, de las que me ocupé en otros relatos, finalmente recalé en compañía del fraile Sotelo en el norte de Japón o Cipango, como todavía la llaman muchos castellanos.

En Sendai, sede de la corte de Date Masamune, mi temperamento fue reconocido por Hasekura y sus hombres, quienes decidieron entrenarme en un principio como un escolta de guardia. Complacidos y sorprendidos por mis progresos, decidieron intensificar mi instrucción a tal extremo que en varias ocasiones estuve a punto de dejar mis huesos en este mundo sin completarla. En el *Date Marú*, aquella nave azotada por todos los vientos, culminó mi adiestramiento con mi investidura como samurái.

La ceremonia, similar a la de mayoría de edad o *genpukku*, fue corta y sin interrupciones y se llevó a cabo en aquella cabina estrecha llena de mapas e instrumentos. Los tres guardianes inseparables del embajador, Hideki, Onto y Junichiro, evaluaron mi desempeño como aprendiz y procedieron a cortarme el pelo para dejar una coleta a la manera de los samuráis. Hasekura me entregó las armas, que ceñí de inmediato al cinto, para asumir la responsabilidad de defender a mi señor e impartir la justicia de la espada en contra de nuestros enemigos y de los opresores.

Con el entrecejo siempre fruncido, su piel tostada por el sol y los pómulos henchidos en tensión constante, Hasekura entonó el himno final con una voz entrecortada y profunda. Hideki, barítonal, con los puños cerrados frente a su abdomen, repetía la antífona con su acento del sur. Onto y Junichiro, ambos bajos, lo secundaban con una voz, se desenvolvían igual que en el combate, como un solo hombre; eran gemelos de madres distintas. Al canto lo sucedió el silencio de la muerte que el buen guerrero sabe administrar con sus armas. En ese instante, mi alegría por pertenecer a la orden no me permitía prever las enormes dificultades que pasaría en América. La tierra reseca que podía observarse por una de las ventanas representaba una nueva vida en la compañía fraterna de los samuráis.

El olor que siempre antecedía a la llegada del fraile Luis Sotelo nos puso en guardia dando fin a la reunión; dos meses rodeado de tanta agua, pero sin permitir siquiera que una miserable gota rodase por su pellejo curtido por la mugre, se evidenciaban en un pestífero efluvio corporal, cuyo halo era envuelto por su hábito franciscano, raído y endurecido por la cochambre y que, según él, en algunas décadas, cuando hubiera cristianizado el archipiélago entero, se exhibiría como santa reliquia. El monje no se dio por sorprendido por la tertulia, ni tampoco protestó al verme salir con las espadas: estaba demasiado emocionado por volver a tierras del imperio español.

Natural de Andalucía, Luis Sotelo, hablaba dando voces y meneando las manos, lo que ponía intranquilos a los japoneses en sus primeros encuentros. A pesar de haberlo ayudado a la «milagrosa» evangelización del señor de Sendai y a montar esa expedición de locos, Sotelo me miraba con desconfianza, pues me sabía conocedor de su gran ambición y capacidad de engaño. Él temía que alguna infidencia mía le acarreara la desgracia y por eso trató de evitar que Hasekura me incluyera en la tripulación, pero ya llegaré al punto de contar sus ardides y demás trapacerías, en las que no le faltó la colaboración del gran general Sebastián Vizcaíno, capitán de la nave *San Francisco*, cuasi descubridor de las islas de Rica en Oro y Rica en Plata. Digo cuasi, pues si hubieran existido las habría encontrado, pero es de todos conocido que la geografía para los europeos es todavía, a pesar de los avances en exploración, un territorio fértil para la imaginación cartográfica. En donde sólo existe agua salada, surgen por arte de febriles alucinaciones territorios rebosantes de metales y piedras preciosas.

Don Sebastián, en aras de ampliar las posesiones de la corona, dejó su encomienda al cuidado de su familia en la Nueva Galicia y se embarcó hacia Manila y Japón con varios títulos y embajadas otorgados por el virrey Mendoza. Tras haber realizado su trabajo de embajador y cartógrafo en las costas japonesas, deambuló varias semanas por el mar verificando las diversas latitudes en las que debían aparecer las ínsulas de leyenda, las cuales según los mitos se hallaban habitadas por gentes «blancas y bien dispuestas» que nadaban en abundancia de metales preciosos. Vizcaíno persiguió el mito hasta que los bastimentos se agotaron y un tifón lo regresó a tierras japonesas con la nave tan averiada que no pudo repararla por su cuenta.

Lo más triste de todo es que, a partir de entonces, volvió a recorrer las cortes, ya no como embajador sino como náufrago. Hizo antesalas durante meses y empeñó hasta lo que no tenía, buscando una mano que le ayudase a regresar a América, pero tuvo que vérselas con las intrigas de ingleses, portugueses y holandeses que no deseaban que los españoles entraran en la disputa del comercio con Japón. Ellos se encargaron de convencer al shōgun de que las tareas cartográficas de Vizcaíno tenían como fundamento preparar la invasión del archipiélago, cuya cabeza de playa se encontraba ya instalada en esas tierras bajo la forma de evangelizadores católicos.

Ante la grave amenaza que suponía aquel desgraciado explorador, Hidetada le negó a don Sebastián toda ayuda para volver. Además, se ordenó que su nave fuera desarmada y que nadie tuviera trato con él. Vizcaíno lo intentó todo para vender las mercaderías que había logrado salvar del barco, pero la prohibición del shōgun pesaba sobre él. Tras muchos intentos de valerse por sí mismo no tuvo más remedio que venderle el alma al fraile Sotelo para ser incluido en la extraña embajada de Sendai y poder volver a su país. Aunque el general firmó unas capitulaciones en las que se le otorgaba el comando del *Date Marú*, la verdad es que el fraile fue el verdadero capitán a bordo y el pobre náufrago cumplía tareas poco menos que humillantes.

Sebastián Vizcaíno era un hombre de juicio y ambición, pero mezcladas ambas con una gran dosis de mala suerte. Soñó con la gloria de los descubrimientos en nombre del virrey Luis de Velasco pero, tras su estruendoso fracaso, apenas si se separaba de varios arcones con biombos japoneses que transportaba en nombre del mismo dignatario que lo había enviado al mar. Aquella mercancía representaba toda su fortuna y la única posibilidad de retornar a su país, tras cuatro mil leguas de océano, sin las manos vacías.

Nos tomó un mes más arribar al puerto de Acapulco, en parte porque se empleó demasiado tiempo buscando agua y vituallas para la tripulación en una tierra baldía, aunque, según Sotelo, debía de estar por poblarse con misiones de su orden. A mi modo de ver, el cura deseaba encontrarse con algún correligionario para jactarse de sus progresos en la cristianización del Japón y presentarnos como atracciones exóticas y así lo hizo durante todo el viaje. Algunos de los contactos que hicimos con colonos a lo largo del continente llevaron pronto la noticia a todo el reino de nuestra presencia. No obstante, al entrar en la bahía de Acapulco, nuestra llegada los tomó por sorpresa, pues ninguna de las autoridades sabía qué hacer. Incluso nuestro barco vio pasar algunas salvas de cañón como advertencia. Si no es por una bandera española que confeccionamos a toda prisa con las sedas que llevábamos en las bodegas del *Marú*, la expedición hubiera terminado en trifulca y el desprotegido puerto de Acapulco habría sucumbido bajo el fuego de los dieciséis cañones que portábamos a bordo. En aquellos días, al no existir amenazas graves de piratería, el pobre caserío que llamaban puerto podía ser presa fácil de cualquier grupo medianamente armado.

Durante la feria de Acapulco, que duraba un par de meses, el pueblo cobraba vida con cientos de comerciantes y arrieros ávidos de las mercancías traídas de Oriente por los galeones. Al terminar la feria, el pueblo volvía al letargo tropical de sus cuatro calles, seis españoles, algunos mestizos y un par de centenares de indios.

Las autoridades locales, no obstante haber escuchado las explicaciones del fraile Sotelo y Vizcaíno, además de observar los excelsos regalos y mercaderías que transportábamos, no nos dejaron desembarcar. Su negativa era absurda, pues con una docena de nuestros hombres habríamos podido dominar el pueblo, pero esto era una misión diplomática y decidimos esperar al enviado del virrey. Para aquella época había dejado de serlo don Luis de Velasco y, desde hacía más de un año, ejercía don Diego Fernández de Córdoba, marqués de Guadalcázar. En dichas circunstancias, don Sebastián Vizcaíno redobló sus visitas a las bodegas y los cuidados con las cajas, pues empezaba a sentirse dueño de su mimado cargamento.

Para aliviar nuestro enojo y virtual cautiverio en la bahía, nos fue autorizado el comercio con el puerto a través de las embarcaciones de los nativos. Fue así como la conocí, llegó envuelta por los aromas de las frutas y hortalizas frescas, como un tributo que las tierras descubiertas suelen proveer a los exploradores más osados. Cómo olvidar aquel instante, cuando la vi sobre la cubierta del *Date Marú*; su piel cobriza y brillante, su sonrisa rodeada por los tonos brillantes de las frutas maduras, su caminar grácil. Dice un viejo proverbio que el momento elegido por el azar vale más que el momento elegido por nosotros mismos. Desde aquel instante supe que el destino o el azar la habían enviado para mí. Nunca supe su nombre, pero no hizo falta, la recuerdo aún como sé que ella en el lugar donde esté me tendrá presente en su memoria. Y debo agregar que por ella fui el primer japonés (o chino, en honor a la verdad) de aquella expedición que puso sus pies en la bahía de Acapulco, pues durante varias noches aproveché el momento en que la tripulación de nuestra nave dormía a pierna suelta, para reunirme con ella en la playa solitaria.

Finalmente, el primer día de febrero de 1614, cuando Hasekura estaba a punto de perder la paciencia y de ordenar una invasión japonesa a tierras americanas, llegaron los enviados del virrey. Recuerdo la fecha con gran exactitud, porque en Japón ese día el shōgun Hidetada promulgó el primer decreto de expulsión de religiosos extranjeros y dio comienzo a una era de persecuciones y muerte para los cristianos en la isla.

Para el encuentro formal con los emisarios virreinales, nos embarcamos Hasekura y su trinidad de samuráis, Vizcaíno, Sotelo y yo. Esta vez al cura le molestó que trajera mis espadas y amenazó con retirarme la calidad de *naguatato*, traductor, para volverme *doxico*, acólito, tal como me presentó dos años antes en Sendai tras nuestra fuga de Manila. Cuando se lo conté, Hasekura se mofó en sus franciscanas barbas, algo que no haría más que traerme problemas.

La recepción esta vez fue mucho más cálida, revestida de una pompa que ninguno presentía. Don Álvaro Mañozga de la Cadena, enviado del virrey, venía al frente de un centenar de distinguidos caballeros de México para asistirnos y escoltarnos en la ruta hacia la capital. Se volvieron a disparar salvas de cañón, esta vez en homenaje a nuestra comitiva. Se decoraron las calles del puerto con guirnaldas floridas y festones. Para la entrega de credenciales de la embajada y bienvenida oficial se organizó un banquete magnífico, abundante en carnes, platos de la tierra americana y vino importado desde el Perú. En la tarde, se autorizó el desembarco del resto de la comitiva, integrada por veinte samuráis de Sendai y del shōgun, ciento veinte japoneses, entre marinos, mercaderes y criados y unos cuarenta españoles y portugueses, muchos de ellos sobrevivientes del naufragio de Vizcaíno.

Tanto los españoles como los japoneses estaban deslumbrados con sus respectivas vestimentas; las túnicas de seda luminosa, bordadas con oro o plata o lisas y de colores que destellaban bajo el sol vespertino, competían con los terciopelos, los brocados flamencos y con el arte de las armaduras damasquinadas.

Durante el agasajo, los españoles se dirigían hacia nuestro embajador con el nombre de Rocuyemon Faxicura, que a oídos de los anfitriones sonaba igual que Tsunenaga Rokuemon Hasekura. En vano repetí hasta la saciedad la pronunciación correcta,

...se realizaron torneos de arquería y duelos de espadas, algunos fueron amistosos y otros, la mayoría, terminaron en desgracias.

Faxicura era mucho más fácil de digerir en las mentes de nuestros hospitalarios amigos, especialistas en deformar cualquier nombre asiático o americano que representara algún esfuerzo para sus aristocráticos labios, nariz o garganta; hasta su propia lengua la hablan mal pronunciada.

Con la caída de la noche, las copas de chinguirito, un licor fabricado con el jugo de la caña de azúcar, aligeraron el protocolo y demostraron la inclinación a la pendencia de españoles y nipones. Aunque debo decir que de los últimos ya muy pocos quedaban en la sala, pues una vez satisfecho el apetito gastronómico y tras una temporada tan larga en el mar, era lógico que muchos se escabulleran a descubrir las posibilidades amatorias de las indígenas y mestizas. Y mientras en las polvorientas calles nuestros compañeros satisfacían sus urgencias, en el lugar del convivio se realizaron torneos de arquería, una habilidad muy desarrollada en el Japón, y duelos de espadas; algunos fueron amistosos y otros, la mayoría, terminaron en desgracias personales.

Por mi parte, como desde días antes había satisfecho todo tipo de necesidad corporal, no me pesó estar tan ocupado como *naguatato*. Don Álvaro deseaba conocer muchos datos sobre la comitiva, nuestro lugar de origen, los presentes que transportábamos, la importancia del Date Masamune dentro de la corte del shōgun, pero su mayor interés radicaba en qué tan avanzada estaba la industria naval japonesa y qué podía esperar de nuestra flota, ya que los habíamos sorprendido con nuestra visita.

No está de más comentar que desde la visita de don Rodrigo de Vivero a la corte del shōgun Hidetada, unos cinco años atrás, hacia 1610, los españoles temían que la influencia de los holandeses e ingleses hiciera volver los ojos de los japoneses hacia sus posesiones en Filipinas. Al virrey le preocupaba mucho la seguridad de la colonia en Asia, pues estaba bajo su responsabilidad directa y de su usufructo; con los ocho galeones que iban y venían a América medraban su casa y la de importantes comerciantes en la Nueva España. Cualquier amago de competencia comercial o interrupción en esta ruta, que hasta ahora se había visto libre de la plaga de la piratería, entorpecería el tránsito de nuestra embajada.

Tanto Hasekura como Sotelo intentaban tranquilizar a don Álvaro, comentando los avances de la cristianización en el sur y los proyectos que tenían para el norte. Vizcaíno, a pesar de haber regresado con nuestra ayuda, aprovechaba la oportunidad para contar sus desventuras y las negras intenciones de John Adams, un inglés consentido del shōgun. Según él, *Anjin*, como le llamaban con cariño en la corte de Hidetada, estaba a un paso de incitar la invasión de Filipinas, además de buscar la expulsión de todas las órdenes religiosas del archipiélago, de forma tal que sólo los protestantes pudiesen comerciar con el Japón. Vizcaíno comentaba la importancia de que don Rodrigo de Vivero realizase otra embajada en la que se reforzaran las relaciones con la corona, de lo contrario, el comercio directo con Japón estaría vedado por un periodo indefinido. El tiempo le daría la razón.

Luego de tres días de molicie en las costas mexicanas, la comitiva decidió partir a la ciudad de México. De buena gana me hubiera quedado con la tripulación que resguardaría el barco y con la muchacha cuya piel empezaba a adherirse lentamente a mi alma, pero el destino tenía otras tareas para mí y no tuve más remedio que emprender el viaje yo también.

En el siguiente folio explicaré lo que aconteció en el camino y la llegada a la corte del virrey Fernández de Córdoba, así como mi llegada a la Puebla de los Ángeles y mi separación de la comitiva de Hasekura, además de varias historias que permiten conocer de dónde vengo y por qué me dedico a la escritura de estas memorias.

IV

¿Recuerdas el mar, Rolando Edmundo?

¿Recuerdas el mar, Rolando Edmundo? Tus ojos lo recorrían inquietos sin poder abarcarlo. La primera vez lo viste frente a las costas de China, antes de partir para siempre. Las aguas turbulentas y grises suspiraban la despedida del hogar y el comienzo de la aventura inacabada que fue tu vida. Sentiste un miedo arcano, como el de la planta al ser descuajada de su terruño. Sólo te acompañaba el grito de tu padre ensartado en una lanza pidiéndote que huyeras. Eras un muchacho indefenso, una liebre prisionera que contemplaba las olas y aspiraba con pesar el salitre suspendido en la brisa. Y en tu mente se acunaba el temor a perderlo todo. Y llorabas, Rolando Edmundo, porque aún eras un chiquillo. Llorabas por tu madre y tus hermanas, que serían obligadas a suicidarse cuando la noticia del asalto y la muerte del padre llegaran a tu comarca. Morirían venerando el antiguo rito y serían incineradas junto a él. Llorabas por tus colinas cubiertas de castaños, envolviendo a Jingdhezen, tu hogar; por los huertos de cerezos y las flores de sus ramas en abril; por tu horno huérfano y por las herramientas y pinceles que desde niño aprendiste a manejar para decorar la cerámica. Llorabas por la China Ming que se hundía en el caos, acosada por los piratas japoneses y las hordas salvajes del norte. Estabas solo, Rolando Edmundo, y al mar no le quedó más remedio que volverse tu compañero de desventuras. Lo surcaste luego tantas veces como esclavo, artesano, traductor y fugitivo, que aquella primera vez podría haber terminado en el olvido, de no haber marcado tu destino errabundo.

El mar, siempre el mar. Las crestas de las olas dibujadas en azul cobalto sobre la mayólica; los acantilados fustigados por la violencia de la tempestad sobre tus biombos. Unas manos que iban y venían con los pinceles y los buriles y, a la vez, empuñaban el acero destructor. Arte y muerte en aquel hombre, el único que he sabido amar y a quien nunca conocí por su verdadero nombre. Porque todos tenemos un nombre íntimo, Rolando Edmundo; el mío significa amargura y me ha acompañado fiel a lo largo del siglo, hasta estos días en los que me pudro en esta casa donde sirvo. El tuyo, tu verdadero nombre, lo perdiste frente al mar cuando te vendieron como esclavo. De ahí en adelante te llamaste como te llamaban tus captores y cuando te bautizaron los jesuitas perdiste voluntariamente la memoria. Sólo permitiste que los recuerdos más recónditos de tu familia y de tu hogar emergieran en tus artesanías. Los árboles, los pájaros, las mujeres en tareas domésticas, eran pretextos que inventabas cuando decidías cerrarle la ventana al olvido.

Me contaste que los mercaderes te llevaron, junto con otros esclavos chinos, al sur de Japón en un junco atiborrado con los botines de guerra. Hacinado en las bodegas, conviviste con la muerte y el hambre... Medio muerto y con dificultades te vendieron en Nagasaki a un fabricante de biombos convertido al cristianismo, quien al verte tan desaliñado y sin poder hablar una palabra de japonés, te destinó a la limpieza de las cocinas y no a los talleres. Pronto demostraste tus capacidades aprendiendo el idioma y con tu habilidad manual lograste un lugar en la factoría. Con el transcurso de los meses llegaste a ser uno de los artesanos más respetados. En aquel lugar, por iniciativa de tu patrón, conociste a los misioneros jesuitas y recibiste tu nombre cristiano. Fue fray Felipe d'Auxerre quien lo propuso; Rolando por el héroe de Roncesvalles y Edmundo en honor a su compatriota mártir, san Edmundo Campion. Por medio de fray Felipe llegó a ti la doctrina cristiana, en especial los textos de san Ignacio, que no te cansabas de comparar con el *Tao-te-king* y con algunas de las enseñanzas de Confucio.

Fueron también los jesuitas quienes convencieron a tu amo para llevarte a Manila a revisar los embarques de loza que partían en la flota hacia la Nueva España. En aquel viaje conociste la furia del mar. Un tifón destrozó la nave y fuiste rescatado por una nao portuguesa. El salvamento fue celebrado por ti y varios de los tripulantes aferrados a los restos de aquel junco, hasta que se dieron cuenta de que se trataba del capitán Ignacio Ferreira, uno de los piratas más temidos por europeos y asiáticos. Vinieron varios años más de esclavitud errante, conociste Formosa, Goa, Macao, Uraga, Ton Kin y las Molucas. Serviste de traductor a Ferreira y de amante a su esposa, junto con tu amigo Tanao Kiago. Fue en Manila donde decidiste huir de aquella vida. Fue de nuevo gracias a los jesuitas como conociste a fray Luis Sotelo y ante la amenaza de los hombres de Ferreira tuviste que viajar con aquel tunante al Japón.

«Era un demonio con sotana», me decías, Rolando Edmundo, cada vez que mencionabas a ese franciscano y sus artes para insuflar el cristianismo a los paganos del norte, pero fue por Sotelo que huiste del mar para de nuevo regresar a su inmensidad, en uno de los esfuerzos más valerosos y vanos que podías imaginar.

Tres meses a bordo del *Date Marú* o *San Juan Bautista* —como lo llamaban los españoles— y dos mil leguas de océano te prepararon para las batallas que librarías en el Nuevo Mundo. Aprendiste la guerra y los códigos de los samuráis. Decías que habías vuelto a nacer, pero siempre conservaste tu nombre cristiano. De Hasekura recibiste las dos espadas que blandiste en tu lucha justiciera, hasta que él mismo se encargó de destruirlas.

Podría decir que a partir de ese momento comenzó la aventura más larga de ser contada, pero mentiría. Esa sería quizás la parte que yo podría relatar de primera mano, pues la viví de cerca y conocí los escenarios y protagonistas. Muchos de ellos han sido destruidos por los años o han entregado sus almas a Dios. Así que volverlos a la vida por medio de la palabra será una tarea tan edificante y vana como escribirte a ti, Rolando Edmundo, porque estas líneas jamás las leerás. Podrán ser, quizás, aquellas palabras que nunca pronunciamos o las que sellaron el silencio de aquella madrugada cuando nos separamos. Han pasado muchos años, pero el remordimiento regresa a visitarme cada día como el alba. Y me siento sola, pero no arrepentida, o quizás sí, y tal vez parte de mis oraciones por ti se elevan como una súplica de perdón. Son los instantes los que definen una vida, decías. Yo callaba, pero sabía que tenías razón.

Estas memorias morirán conmigo, pues son el único pasatiempo que me queda. Estoy harta de esparcir agua bendita para exorcizar cosechas o purgar bestias. Ya no distingo entre los dolores del vientre y las visiones del Averno. A mis ojos cada vez les cuesta más trabajo distinguir entre el día y la noche, porque las tinieblas comienzan a carcomernos, Rolando Edmundo, a mí y a tu recuerdo.

El padre Ramos sólo quiere saber de mis raptos y de las hordas celestiales en triunfo sobre las demoniacas. Ni a Puebla, ni a la Iglesia les importa si esta santa fue mujer; sólo tienen ojos para lo que desean ver y orejas para las descripciones de maravillas a las que jamás accederán por estar embebidos en los rezos, pero pasmados en las obras. Ramos desea escribir sobre mi vida; si supiera todo lo que hay que contar... Asume que soy analfabeta y que no podré defenderme de sus ínfulas de hagiógrafo. No he querido arrebatarle el privilegio, pues es el único trabajo que lo mantiene alejado de la bebida.

Alonso Ramos, mi confesor, ni siquiera sospecha lo que escribo. Las veces que me ha sorprendido con los dedos manchados de tinta, le he narrado historias de combates contra demonios que me arrojan saetas ardientes, cuyo fuego se estrella y desvanece al contacto con mis manos, dejándome tiznada con los impactos. Él le cree a esta vieja santona a la que pocos años le quedan y que pretende, con este ejercicio de escritura, mudarte de su memoria para que reposes en estos folios y, si así lo desea el destino, abandonarte al olvido de los siglos y la muerte.

Es una tarea difícil, pero te escribo, Rolando Edmundo, a solas, en lo profundo de mi celda. Te recreo sobre pergaminos que permanecerán ocultos hasta que la Providencia los destruya o escoja el momento idóneo para que salgan a la luz. Te invoco frente a esta vela y te observo como la primera vez, envuelto en tu capa de monje, con un sombrero de paja calado sobre las cejas, orando en la capilla de San Juan en el Centepec; te regañé por orar con el sombrero puesto y sentado con las piernas cruzadas. Tu respuesta fue como una iluminación y a partir de entonces buscaba cualquier excusa para cubrir las apariencias y escaparme a tus escondites.

Así era en mi juventud, pero a estas alturas, a mis años, poco me pesa lo que se diga de mí; he conocido a los poderosos y ellos han buscado mi consejo y ayuda. Algunos han sentido temor de mí y por ello he ganado su respeto. Para qué hablarte de Juan de Palafox o de sor María de Jesús, quizás donde estés hayas oído algo de ellos, gente buena, visionaria. Sí, te burlarás de esa palabra, porque siempre supiste que de forma consciente o sin tener pleno dominio o conocimiento de ello, mi vida también se llenaba de imágenes que la gente a mi alrededor se encargó de catalogar como «visiones». Al avanzar mi madurez, éstas fueron cada vez más profusas y complejas. Tanto, que asombraban a quienes participaba de ellas y, a veces, sus interpretaciones eran aún más deslumbrantes. Los sufrimientos, la penitencia y la práctica espiritual me han llevado a mundos que superan lo imaginado por el hombre. En ese aspecto he sido privilegiada, pero mientras mi espíritu se eleva a las órbitas celestes, la soledad que me ocasionó tu pérdida aún me carcome y no cesa de presentarme a los leviatanes contra los que combato cada día.

Así, con la misma certidumbre con la que puedo afirmar que ha existido un solo Rolando Edmundo, debo reconocer que he sido muchas y que la mujer que escribe estos folios no es la misma flor seca, mística y octogenaria que se deshace a cada minuto, sino la ardorosa joven de veintitantos; la Catarina San Juan que te amó y, desde entonces, nunca ha dejado de hacerlo.

V

1629 ✣ UNA NOCHE DE TEMPESTAD

Alberto Esteban observó cómo el forajido se deshizo de la pesada capa de paño que lo cubría desde el cuello hasta los talones y que había confundido, al verlo entrar en el mesón, con el hábito de un agustino. La prenda fue arrojada con vigor sobre la soldadesca ebria que se abalanzaba sobre el presunto monje y dejó al descubierto su traje de sedas asiáticas. Tres de los atacantes enceguecidos por el mantón que cayó sobre sus cabezas no pudieron admirar la miríada de destellos provenientes de los bordados del chamelote, los cuales, con la tenue luz de la fonda, otorgaron a Rolando Edmundo una nueva dimensión.

Alberto Esteban, atrincherado tras la barra donde se servía el pulque, contempló el fulgor que despedía aquel hombre al saltar sobre la mesa en la que había empezado a cenar. El visitante encapuchado había llegado ensopado por la tormenta, casi a la medianoche, a pedir alojamiento y comida para él y su caballo. El abuelo Roque le negó todo tipo de atención al principio, a pesar de sus jactancias de buen samaritano y cofrade insigne de la población, pero al ver su taleguilla llena de reales abrió con una sonrisa su jeta llena de dientes podridos para luego hacer lo mismo con el portalón de las cuadras. Alberto Esteban había pensado que a un visitante tan discreto le pasarían inadvertidas las burlas hacia los comerciantes chinos y los orientales esclavos o conversos que se aventuraban por los caminos de la Nueva España. Estaba muy equivocado.

Aquella noche, la sala estaba ocupada sólo por un piquete de cinco soldados que, con sus sables, formaba una piña alrededor de un brasero. Aunque el recinto era amplio, estaba muy poco iluminado por la falta de clientes; en esos días de agosto nadie se aventuraba a salir con las lluvias por el temor a despeñarse, quedar atascado en el fango del camino o ser aplastado por algún aluvión. Más en aquel año durante el cual sólo se hablaba de la gran inundación de la capital y del éxodo de familias prestantes a tierra firme, concretamente a Puebla y Toluca. Durante dos años la gran Tenochtitlán estaría con el agua al cuello, a punto de ser devorada por su lago.

Alarmado por la súbita transformación de las risas socarronas en improperios de grueso calibre, Roque entró por la puerta de la cocina ubicada detrás de la barra donde se encontraba acodado su nieto. Juntos observaron cómo la vela de sebo, que iluminaba la mesa del huésped que acababa de atender, rodaba por el piso hasta perderse entre las patas de las sillas. El hombre, que había dicho ser un comerciante de la Nao de China, desenvainaba una esbelta espada curva y al mismo tiempo, con la izquierda, echaba mano de una daga, que traía ceñida al cuerpo con un cinturón de seda negra. Las fauces profundas del dragón bordado sobre aquel ajustado ropón de mil brillos, trajeron a la memoria de Roque la historia de sant Jordi, que de niño le había escuchado a sus tíos antes de aventurarse en las Américas.

Poco más pudo verse, pues la daga cruzó certera la mitad de la estancia por encima de las cabezas de dos soldados que desnudaban sus aceros y, silbando como un ave nocturna, destrozó la linterna sorda que iluminaba el fondo del salón. Al mismo tiempo, los tres hombres enredados en la capa empapada del comerciante caían con gran estrépito sobre el brasero, cerrando el círculo de oscuridad total. Bastaron unos segundos para que el zumbido del metal, los alaridos de horror y las maldiciones interrumpidas por estertores de agonía, impulsaran a Roque a desandar el camino hacia la puerta para empuñar el trabuco amartillado que guardaba en casos de emergencia como ésta.

En el instante que tardó su abuelo en volver, Alberto Esteban se horrorizó al ver cómo una empuñadura de sable con la hoja limpiamente cortada a la mitad, caía sobre una de las mesas cercanas a la barra, acompañada, como si de un trofeo se tratase, de una mano amputada. La impresión hizo que el muchacho sintiera un vahído y se escurriera tras el muro.

Roque, al regresar, profirió una maldición al ver a su nieto agazapado tras la tinaja del pulque y dirigió su vista a la sala; de la penumbra brotaron algunos quejidos agónicos, acompañados por el canto ritual del *daisho* bañado en sangre al reingresar a su nido. El viejo sintió algunas gotas de sudor helado rodar por su espalda y experimentó la misma sensación que sant Jordi al penetrar en la madriguera del monstruo escupefuego. Entonces, apuntó con indecisión su arma hacia la oscuridad de donde emergió la silueta de Rolando Edmundo, envuelta nuevamente en su capa monacal. La sombra proyectada por el capuchón ocultaba su rostro y le imprimía un aire siniestro al compás de la lluvia que repicaba sobre el tejado.

El forajido, que asía por el metal el *tantô* que había arrojado a la linterna, descubrió su cabeza y examinó el instrumento para ver si había sufrido alguna mella en su filo. Luego, se dirigió con frialdad al hombre que lo encañonaba, sin perder de vista los ojos asombrados del niño de once años que habían vuelto a surgir detrás de la barra.

—Vuesausted dispensará el estropicio, mas se trataba de un asunto de honor. Si baja su arma sabré recompensarlo como merece —propuso Rolando Edmundo con la cortesía que lo había hecho célebre.

—¿De qué honor puede hablar un chino? En tu asunto has liquidado a varios de mis mejores clientes, gente del gobernador que está tras de ti, Rolando Edmundo —respondió Roque, haciendo un acopio de fuerzas para mantener firme el pulso.

A Alberto Esteban no le sorprendió que su abuelo reconociera al asaltante. La fama del regreso de aquel bandido vestido de seda, tras muchos años de inactividad, era la comidilla de los aldeanos del lugar. Sabía que poco faltaba para que el viejo liberara el mecanismo de detonación, pues con la bolsa del visitante, sus magníficas espadas y el caballo podría compensar las pérdidas y vengar a su clientela. Además, la muerte de un chino no levantaría el menor revuelo, ni siquiera tratándose de Rolando Edmundo, por quien hasta ese día se ofrecían cien escudos, cuando en tiempo del virrey Carrillo de Mendoza esta suma había rebasado diez veces aquel monto.

Sin duda, pensaba Alberto Esteban, había algo extraordinario en el chino que rebasaba la excentricidad de su indumentaria. Para el joven de mirada asustadiza y cuerpo esmirriado era imposible dejar de admirar la gallardía del espadachín. Deslumbrado por la faena que acababa de realizar, sintió necesidad de intervenir a su favor, así corriera el riesgo de ajustar una nueva paliza:

—Abuelo, vuesa merced no escuchó a los soldados. Ellos no lo reclamaron como facineroso. Se burlaron de él en mal modo y por tanto era su derecho responder....

—¡A callar, mierda de rata! —rugió Roque, y justo en el momento en que dirigía la mirada al muchacho, sintió que algo estallaba a sus pies produciendo una humareda densa que lo cubría y le impedía ver el lugar donde había estado Rolando Edmundo. Preso del temor, Roque jalonó la oxidada palanca que fungía de gatillo sin sujetar debidamente el arma. El retroceso del trabuco mal afianzado le asestó tal golpe entre la quijada y la oreja, que dejó la mitad de su cara ensangrentada y cubierta con hollín. Al caer arrastró una mesa y varias butacas consigo.

Una voz se escuchó desde la puerta:

—Un alma sin respeto es una morada en ruinas. Debe ser demolida para construir una nueva.

Alberto Esteban tembló al escuchar e intentar comprender las palabras. ¿Se refería a él? ¿Le estaba dirigiendo la palabra? Su mente comenzó a extraer un pensamiento que durante años había reprimido en su interior: había vivido toda su vida como una morada ruinosa, sin lograr el mínimo respeto de su familia. Esas palabras lo cautivaban y al ver a Rolando Edmundo en acción habían adquirido la plenitud de su significado. Y nuevamente la duda, ¿cómo demolerla, cómo construir una nueva?

Mientras su madre asistía al abuelo inconsciente, Alberto Esteban enjalmó un borrico del establo. Bajo un jergón encerado y sin despedirse de nadie siguió la cabalgadura de Rolando Edmundo quien, a partir de entonces, se convertiría en su maestro.

1634 ✣ LA MAÑANA

La lluvia caía ahora como la noche de su partida y le hacía rememorar su antiguo hogar. Alberto Esteban, sobre su caballo, giró el cuello para observar la mula que llevaba enlazada a su silla. Apreció el bulto formado por el cuerpo cubierto de Catarina San Juan. Sabía que si tomaba los caminos que dirigían a los puentes de piedra sobre el Atoyac se toparía con grupos de cholultecas que venían de los pueblos aledaños a ofrecer sus productos o servicios a la ciudad.

Decidió encaminar los animales hacia un vado poco concurrido del río para no tener que responder preguntas incómodas. La ciudad que abandonaba, circundada de huertas y fábricas de loza, hilados, herrerías y curtiembres, despertaba bajo el suave velo de la llovizna de agosto. Las campanas empezaron a tañer; reconoció el bronce grave del Convento de San Francisco, el metal aplomado de Santo Domingo, los acompasados buenos días emitidos por las espadañas de la Merced. En su memoria repasó uno a uno los campanarios de la ciudad de Puebla, mientras se mantenía relajado y con la vista fija en las moles de los volcanes que se alzaban en la distancia tras nubes grises cargadas de agua. Se preguntaba cuándo podrían oírse en plenitud las campanas de la catedral, cuyas torres no llegaban ni siquiera a tercias, mientras que el resto de la construcción se hallaba tan abandonada desde hacía casi diez años que, por considerarse recinto sagrado, daba refugio por igual a forajidos que a indios casados. Quizás, pensaba, hacía falta un milagro de probidad para poder acabar el edificio con toda la magnificencia que se había planeado.

Con lentitud mal disimulada se alejó de las últimas chozas del exiguo barrio de Santiago y tomó un sendero, tan discreto como lodoso, rodeado de pastizales y huertas. Atrás habían quedado muchos de sus temores de la infancia, atrás como aquella noche, hacía casi cinco años, en que siguió los pasos de Rolando Edmundo. Se sentía seguro y confiado como todo joven guerrero. A los pocos minutos, divisó varios de los molinos que aprovechaban la fuerza de la corriente para moler los granos traídos del valle de Atlixco. Al acercarse a la orilla del Atoyac descubrió que la corriente avanzaba con fuerza a pesar de que la lluvia había amainado. Pensó que era extraño que Catarina no despertase aún de su desmayo y concluyó que lo mejor sería desmontarla una vez hubiera cruzado, pues ella debía estar consciente para apurar el paso hacia las cavernas que circundaban el Popocatépetl.

Cuando se volvió para revisar su carga, la sangre se le heló: la santa había desaparecido, la manta con la que estaba envuelta se arrastraba sobre el barro. Luchó durante segundos con el estupor que le impedía reaccionar; algunos minutos antes, Catarina yacía sobre su mula y ahora se había esfumado sin haber hecho el menor ruido, ni emplear los *torinokos* que usaba su maestro para escapar en las barbas de sus enemigos. El temor de que fuera cierta su condición de ser sobrenatural lo paralizaba. Por otra parte, fallarle a Rolando Edmundo no dejaba de ser menos inquietante. Para recobrar la calma recordó las palabras de su amo contra las supercherías y los milagros de la sugestión; si Catarina iba a pie, no llegaría muy lejos, pues por el estado del camino debía andarse con cuidado. Enderezó las cabalgaduras y regresó al galope. A un centenar de varas de distancia, entre la espesa masa que formaba el camino, divisó a la mujer, quien al escuchar el trote de los animales, apuró el paso para escapar y salió del camino adentrándose en un zacatal. Su ropa mojada y salpicada por el barro semejaba, al vaivén de sus pasos firmes, los aleteos inútiles de una paloma caída en desgracia.

Te movías como el mar y tu aliento poseía la calidez de los monzones, eras la juventud, el hálito de la vida, pero también una mercancía y te vendieron en Manila a los comerciantes de la Nao. Surcaste las aguas, abonanzaste las tempestades y vestida como mancebo desembarcaste en Acapulco. Y a Puebla, Catarina, te trajo el sino, como niña esclava, aclamada como hija por los Sosa, pero siempre esclava. Lejos de tu patria, Puebla se volvió tu hogar y creciste en belleza y sabiduría. En la soledad, en la lengua extraña, en ese mundo blanco y hostil que llegaste a habitar, la religión fue tu abrigo. Sor María de Jesús te instruyó en las visiones y disciplinas para conmover y templar los espíritus; fray Juan Bautista en los poderes y artilugios para curar cuerpos. Tu fuerza y entendimiento hicieron el resto.

Alberto Esteban buscó cortar la ruta de escape haciendo algunos círculos a su alrededor con las cabalgaduras. Al realizar el primero, una nueva y poderosa inquietud se apoderó de sus sentidos: el ropón de Catarina, empapado por la lluvia se hallaba totalmente ceñido a sus formas. Sin los límites impuestos por los cilicios y las fajas ásperas, con los que intentaba contenerlos, sus pechos emergían como islas pétreas ostentando en sus cimas, dada la baja temperatura de la mañana, la imbatible rigidez de sus pezones. Todo su cuerpo en movimiento ejecutaba una sinfonía de sensaciones para el joven, que al pasar por delante de la santa, estuvo a punto de perder el control de su caballo. A su mente retornaron algunos versos del *Tao* escuchados a su señor:

es la hembra misteriosa
la puerta de lo misterioso femenino
es la raíz del universo

Esas palabras empezaban a develarle su significado, más aún cuando volvía a acariciar las impresiones que había experimentado minutos antes cuando la alzó para atarla al lomo de su mula. Algo en su fuero interno le exigía detener a Catarina, sujetarla entre sus brazos y volverla a su cabalgadura, simplemente para tener el renovado placer de palparla.

Catarina sacó provecho de su distracción y lo esquivó sin dificultad para seguir corriendo en dirección a la ciudad. Alberto Esteban ejecutó una segunda vuelta en la mitad del descampado. Sus intentos emulaban un juego de adolescente más que demostrar la pericia de un guerrero bien entrenado.

—Deténgase, por piedad —gritó por última vez aquejado por el deber. Ella golpeó su bota con un puñetazo y se escurrió por detrás de su bestia con una mirada de desprecio.

Esto fue como arrojar nuevo combustible al fuego; lo había vuelto a evadir y por tercera ocasión debía contener su fuga. De repente, la mujer detuvo su carrera y señaló una arboleda compuesta por algunos pirules y huizaches.

—¡Allí está el Enemigo Malo! —exclamó.

El joven alzó la vista para reconocer entre el follaje el sombrero del Paisita, el temible sicario del marqués de la Flota. Aquél, al verse descubierto, avanzó con la espada en alto, espoleando con furia los ijares de su caballo, negro como las fauces de Belial.

El segundo encuentro era inaplazable; Alberto Esteban desenfundó su toledana y aferrándose con todas sus fuerzas al lomo de su alazán buscó alcanzar la velocidad suficiente para vencer en el choque.

Catarina, como una cariátide enfangada, vio caer al joven, quien a pesar de haber bloqueado con suficiencia el acero del atacante, había sido desestabilizado por el cuerpo de éste. El Paisita se aprestó a girar para dar el golpe de gracia, mientras Alberto Esteban se ponía de nuevo en pie para desenvainar, como herramienta de muerte adicional, una vizcaína que colgaba de su cinto. Con las dos armas, cruzadas a veces o usando la espada para cortar la embestida y la daga para herir al caballo o buscar las piernas de su enemigo, Alberto Esteban resistió con serenidad varios embates. El Paisita lo insultaba sin cesar, enfurecido por las heridas que infligía a su montura. El muchacho, conocedor del afecto que el sicario le tenía a su caballo, había escogido este tipo de defensa, pues sabía que su adversario se apearía tarde o temprano para evitarle la muerte a su ser más querido.

Cuando el cuadrúpedo comenzó a escurrir sangre de la punta de la espalda, el Paisita se lanzó al galope hacia Catarina, blandiendo su espada para que ésta silbara cortando el aire. Ella, al verlo venir, alzó de su cuello un rosario de cuentas de carey, rematado con una cruz de Caravaca que reposaba entre sus senos. La empuñó y dirigió hacia el animal quien se detuvo en seco a pocos palmos de ella y, encabritado, arrojó al jinete al suelo. Al levantar sus cuartos delanteros, el caballo alcanzó a mancillar con unas gotas de sangre la blanca superficie del sayal de Catarina. La dama buscó contener su horror, pero susurró:

—Un mal presagio...

Al punto, Alberto Esteban acababa de remontar la distancia que lo separaba de Catarina y el Paisita. El sicario, al verlo venir, le dispuso una estocada a media altura. El joven, haciendo gala de buenos reflejos, contuvo el fierro y los dos hombres volvieron a trenzarse en una lucha a muerte.

La furia de Alberto Esteban tras el artero ataque a Catarina había llegado a un extremo que jamás había conocido, un ardor lo consumía por dentro sin poder discernir si provenía del odio al enemigo o del deseo hacia la mujer que protegía. La calma que

…alzó de su cuello un rosario de cuentas de carey, rematado con una cruz de Caravaca que reposaba entre sus senos.

había mostrado al principio del combate lo abandonó y su desequilibrio disminuyó las posibilidades de triunfo, pues los tajos iracundos que le lanzaba al sicario, que se mantenía tan frío como el reptil que lo había parido, no lograban hacerle mella.

Extenuado por el esfuerzo que había realizado la noche anterior al defenderse durante horas de los esbirros del marqués y haber librado la misma espada que lo volvía a reclamar, Alberto Esteban sintió que la sangre perdida y la vigilia, que completaba más de un día, empezaban a pasarle la cuenta. Fue demasiado tarde cuando evocó las enseñanzas de Rolando Edmundo: analizar el ritmo específico del oponente para acometer con movimientos inesperados por el contrincante. Por más denuedo que pusiese en ellos, sus golpes eran esquivados sin dificultad.

«Ser como el mar cuando el enemigo se desenvuelve como una montaña», pensó, pero no tuvo tiempo para más; el Paisita aprovechó un vacío en su guardia y le sacudió la cabeza con la empuñadura de su daga. Al golpe le siguió una patada que lo hizo caer aturdido boca arriba. Por aquella cortesía, Alberto Esteban confirmó que el marqués lo quería con vida para hacerle revelar el escondite postrero de su maestro. Se vio atado a un cepo o al potro, siendo despellejado vivo o desmembrado por sus garroteros durante el interrogatorio. Sabía que sería torturado hasta la muerte y lo único que le preocupaba era la mujer que había podido desmontar a su verdugo. Su mente se solazaba repasando cada una de sus formas envueltas por el sayal empapado. Sentía el tibio contacto de su piel, la mirada abrasadora de sus pupilas azabache. Pensar que sería la última vez que la vería lo aterrorizaba más que la muerte, para la cual, gracias a su entrenamiento, estaba siempre preparado.

Alberto Esteban sintió el gélido acero del Paisita coqueteando con su mentón y lamentó no haber sido capaz de llevar a buen fin su tarea. Observó cómo los ojos del asesino, que contenían el voraz impulso de atravesarle la garganta, se cerraban, mientras su cuerpo desgonzado caía hacia un lado sobre la hierba. Catarina había sacado una pistola de las alforjas del caballo y empuñándola por el cañón había derribado al sicario de un solo golpe. El joven, aún aturdido, no acertaba a sujetar la misma culata del arma que ahora ella le ofrecía para ayudarlo a pararse.

—Debemos irnos, mozo, te acompañaré —fueron sus únicas palabras, pues se dio vuelta de inmediato y como si levitara sobre el campo, buscó las cabalgaduras.

Alberto Esteban, que recobraba lentamente sus sentidos, vio a la mujer que con el brazo derecho le indicaba al caballo del Paisita el rumbo que debía tomar para huir de su amo. Luego, contempló al hombre inconsciente a sus pies y contuvo el impulso de atravesarlo sobre el zacate como a una alimaña, pues no hallaría honor alguno con ese acto. Recogió sus armas y se dirigió a su montura. Como consecuencia del golpe, sentía latidos en la cabeza como si su cerebro quisiera escapar del cráneo.

Catarina lo esperaba montada a modo de amazona; el talle erguido, la cabeza en alto y el paño tan peligrosamente adherido al cuerpo como antes. Esta vez no se asemejaba a la modesta vestal criolla que había salido desmayada de su hogar, sino a una odalisca del Oriente.

Juntos vadearon el Atoyac y empezaron a cubrir las seis leguas que los separaban del escondite de Rolando Edmundo.

VI

Julio, día dieciséis del año de Nuestro Señor de 1694

Y recuerdo aquel instante, mi alma entera se llena de horrores: me arrastré por el piso de aquel improvisado oratorio, tropecé con los escalones que llevaban al altar y, en la absoluta oscuridad que me rodeaba, me golpeé varias veces la cabeza con los reclinatorios que se hallaban dispuestos en filas disparejas a lo largo de la habitación. La daga que me había prestado mi acompañante tintineaba al contacto con las piedras ásperas y húmedas que cubrían el suelo y parecían opacar el latido desbocado de mi corazón ante el temor de ser apresado. Logré llegar a la puerta para observar el solar a través del umbral. Observé los restos del candado justo al pie de la puerta, recé para que nadie echara de menos aquel portentoso ejemplar de la herrería poblana, pues delataría mi escondite de inmediato. No se veía por ninguna parte la soga por la que habíamos descendido del tejado que debía colgar del lado opuesto del patio de caballerías.

Mientras buscaba sin éxito otra rendija para ver mejor el exterior, se terminó de organizar el grupo para buscar a Juvenal, el malogrado amante nocturno. La media docena de hombres que lo conformaba salió por el portón principal, el cual se cerró nuevamente con un par de custodios a su frente. La casona volvió a la tranquilidad, aunque de vez en cuando se escuchaban los murmullos de los guardias, a quienes ocultaba la ubicación del aljibe con respecto a la entrada. Para mi fortuna, la puerta tras la que me ocultaba se hallaba a unas veinticinco varas de distancia, lo que impedía que repararan en el seguro faltante. Según mis cálculos, nos hallábamos en la hora de rezo de maitines, poco más allá de la medianoche, así que consideré oportuno vigilar el patio una hora más para saber si los perseguidores habían logrado su objetivo y hallar una manera de escapar sin ser visto...

No podía darme el lujo de convertirme en el prisionero del padre Ramos, mi temible rival en esta ciudad, ni enlodar el todavía no refulgente, pero por lo menos respetable nombre, por hijodalgos y cristianos viejos, de los Solís de Armida. Un tropiezo a estas alturas haría peligrar mi promoción a fiscal procurador de la Santa Inquisición y arrasaría con mis aspiraciones de medrar en las Américas.

En estos momentos debo reflexionar sobre lo acontecido minutos después. El Demonio se precia de tentar a las almas, para perderlas en sus abismos o para regresar a ellos con el rabo entre las piernas, reconociendo la grandeza del Único Creador. En mi caso, como siervo del Señor y pastor de sus almas, no estoy del todo seguro si deba consignar lo que vide aquella noche, por ser cosa harto penosa de contar. Me acojo a la indulgencia del lector, pues este cronista es tan humano como lo fueron san Antonio, san Jerónimo o en su juventud san Agustín de Hipona, aunque mucho menos virtuoso a la hora de encarar los engendros de Satán.

Tiembla mi mano y la pluma con la que escribo estas líneas, al recordar el gran estrépito que me hizo incorporar: el retablo de la india apóstata que adornaba el altar del oratorio se iluminó con incandescencias provenientes de los infiernos. La imagen de la presunta santa se desprendió del marco y empezó a crecer hasta alcanzar una talla descomunal que hacía que su cabeza rozase los arquitrabes del oratorio. De su manto se descolgaban demonios y súcubos con formas de serpientes, que con ira y lascivia deseaban lanzarse sobre mí. La imagen se acercaba emanando una corriente de calor salida del Tártaro mismo. El miedo me empujaba contra la puerta cerrada a mis espaldas. En un arrebato de desesperación, busqué mi crucifijo para enfrentar a la criatura, pero éste se había quedado en la sotana que había dejado en mi celda. No tuve más remedio que sujetar la daga que colgaba de mi cinto por la hoja y presentar su empuñadura como el símbolo de la cruz del guerrero. Al encararlo, un grito en un idioma salvaje e incomprensible catapultó al monstruo hasta un par de palmos de mí. Sentía arder mi piel y me aferré a la daga, de tal forma que rompí la vaina con la mano. La sangre fluía de mis dedos y rodaba por el acero cuando empecé a rezar el credo niceno. El demonio en forma de Catarina y las decenas de seres que colgaban de su manto acometieron la embestida final. La puerta que me detenía se abrió de par en par y caí de espaldas. Tendido sobre el enlosado, invoqué la intercesión de Nuestra Señora del Pilar, patrona de las Españas.

La respuesta fue inmediata, un resplandor celestial colmó el patio sosegando mi alma atribulada. El demonio de Catarina gesticulaba y maldecía al Creador, luego escuché el trote de un caballo que cruzaba la mansión hasta llegar junto a mí. Era de color blanco, inmaculado e iba gobernado por la madre superiora sor Andrea de la Asunción, la religiosa que me había ayudado hasta entonces. Ella, empuñando un pendón con la efigie de Nuestra Patrona, conminó a la Bestia a regresar a las profundidades. Un nuevo destello, aún más luminoso, salió del pendón y golpeó al demonio haciéndole emitir un gemido que retumbó en las paredes e hizo que el edificio se desplomara. La hereje Catarina se extinguió, aplastada como un ratón. De los escombros, tratando de escapar de la justicia divina, se veían corretear algunos demonios y víboras del manto, que habían sobrevivido al derrumbe. Completamente repuesto y con el ánimo lleno de gozo, me puse de rodillas para dar gracias por tan excelsa y milagrosa intervención.

Sor Andrea clavó el pendón sobre el enlosado y se apeó del caballo, se acercó hacia mí y dejó caer el hábito dominico que la abrigaba. Desnuda y desprovista de pudor, continuó su acercamiento. El rostro arrugado y severo que me había reconvenido en el refectorio de su convento tras el banquete, le otorgaba un aire de autoridad y una rectitud venerable que rivalizaba con las carnes de su cuerpo, tan blancas y opulentas, que no podían relacionarse en lo mínimo con sus setenta años de edad.

Absorto por la proximidad de la madre superiora y aún arrodillado, sentí cómo la piel de su abdomen desplazaba el aire frente a mi rostro, aromatizando el ambiente con un perfume tan dulce e hipnótico como el de sus guisos.

La Providencia actúa de forma misteriosa y, en aquel instante, el sonido de los cascos de los caballos al trote hizo que la visión se esfumase de repente; el grupo que había partido en búsqueda de Juvenal regresó al patio con las manos vacías. A pesar de que yo yacía sobre el piso helado y húmedo del oratorio y recibía el aire frío de la madrugada a través del umbral de la puerta, había sido incapaz de permanecer en vela. Sin duda, esto supo aprovecharlo el Maligno.

Espantado por el recuerdo de la visión, me puse en pie y revisé mis vestiduras para ver si sobre ellas quedaban rastros del ataque de los demonios... Ahora, con la debida ponderación, lamento confesar que todo fue un sueño. No tenía idea alguna de cuánto tiempo había transcurrido. Si había dormido varias horas, debía darme prisa, pues los habitantes de la casa no tardarían en despertar y en percatarse de mi flagrante intrusión. Algo me tranquilizó minutos después: la guardia de la puerta y los persecutores se retiraron hacia las caballerizas. Tras un lapso durante el cual alcancé a rezar tres rosarios, para verme libre de tentaciones, el patio y la planta baja permanecieron desiertos.

Aprovechando la calma reinante, decidí proseguir con la revisión del oratorio y con mucha dificultad logré encender de nuevo la lámpara. El altar seguía en su lugar al igual que el retablo. La imagen de Catarina, sin embargo, tras la visión diabólica de mi sueño, me causaba escalofríos. Bajo la luz mortecina de la llama un solo hecho llamó mi atención: el agujero abierto por el candelabro al escuchar el sonido de la guardia dejaba al descubierto, detrás del altar, una doble pared cubierta con una tela pintada con argamasa y cal. El nicho había sido disimulado con maestría, pues semejaba el basamento de una columna inexistente y alojaba diversos artefactos que fui ordenando sobre el piso para su inspección.

Conté más de dos docenas de pergaminos manuscritos con símbolos extraños, diferentes a las letras de la lengua castellana, que sospechaba podían contener contratos con las entidades oscuras como suele hacerse en la nigromancia. Junto a ellos, anudados con un bramante hallé otros escritos sobre un papel grueso que los indios llaman «amate». Éstos se hallaban escritos en nuestra lengua, pero dada la precariedad de mi situación en aquel oratorio, no pude detenerme a su lectura. Sin embargo, estaba seguro de que aquellos documentos serían la prueba más importante de la que podría disponer para inclinar la balanza en el caso de la hechicera Catarina San Juan y de paso reducir la resistencia pertinaz del padre Ramos.

Con gran cuidado y ayudado por la luz exigua que emitía la lámpara, continué la extracción de artículos del nicho. A los documentos siguieron un rosario con cuentas de carey que envolvía una espada corta con curvatura similar a la de un alfanje. El rosario había perdido su brillo tradicional, pues sus cuentas se encontraban muy desgastadas por el uso. Otro tanto ocurría con la vaina labrada de la espada cuya superficie damasquinada estaba salpicada de mugre y orín. Con cierta repugnancia retiré estos objetos superfluos y los amontoné junto a unos restos de algún utensilio en mayólica que se había quebrado al romperse la pared, para concentrarme en una pequeña caja de madera.

Desconozco qué tipo de madera se empleó en su fabricación, pero aun a la distancia podía percibir una fragancia que pude asociar con algún tipo de incienso. El pestillo era de oro puro y se encontraba en perfecto estado. En el interior se hallaban cuatro pequeñas cápsulas de vidrio transparente que encerraban lo que parecían ser gránulos de pólvora. Mi primera idea fue que podían ser los ojos de cristal que emplean las brujas en las suertes adivinatorias. Extraje uno de los ejemplares para poder contemplarlo con mayor detalle, la cápsula cabía a la perfección en la palma de la mano; a trasluz pude observar que contenía un par sustancias separadas por dos pequeñas cámaras interiores. Al tratar de descifrar el uso que se daría a estos utensilios, la cápsula resbaló de mis manos y se estrelló contra el piso de piedra del oratorio. Al romperse el vidrio, observé un fuerte resplandor y todo a mi alrededor se llenó de un humo denso que impedía por completo tanto ver como respirar. Con espanto, me arrojé hacia un lado para evitar la nube funesta y tuve dos temores intensos. El primero que el ruido del estallido pudiera alertar a los guardias en las caballerizas, el segundo que aquel artefacto tuviera el poder de convocar a algún espíritu maligno. Para mi fortuna, la detonación fue muy corta y el humo se dispersó, al igual que mis temores, en el lapso en que se reza un credo.

Me hallé de nuevo sobre el enlosado del oratorio, de rodillas como si me hubiera humillado ante el altar de la hereje de la Angelópolis, mi enojo fue tal que estuve tentado de hacer una hoguera con todo lo que había hallado hasta ese momento, pero la Providencia me reveló un par de utensilios más que había pasado por alto en la primera inspección.

De la columna fingida extraje un cuerno de animal de más o menos un pie de longitud. Al revisarlo tuve la impresión de que debió de haberse empleado para transportar y verter algún tipo de líquido, pues el extremo que corresponde al pitón se encontraba sellado, mientras que en el otro costado se cerraba con un tapón metálico. Mis sospechas sobre las prácticas apóstatas y heréticas de Catarina San Juan se confirmaron con este artefacto, que bien podría pertenecer al Gran Cabrón, quien suele hacerse presente en los aquelarres para intercambiar favores con sus convocantes.

Al observar que del agujero seguían saliendo objetos como si fueran los bolsillos de un marrano, introduje mi mano para ver si con el tacto lograba distinguir algún otro. Enorme fue mi sorpresa al sustraer una taleguilla de cuero que se había adherido al muro. Mayor fue mi asombro al verla repleta de reales de oro y plata de muy buena ley, como usábanse en otros tiempos. No me cabía la menor duda de que aquel dinero había sido obtenido mediante artes malignas por la hechicera hereje, la misma que el padre Ramos quería a toda costa incluir en la ínclita pléyade de santos de Nuestra Iglesia. Un sentimiento de superioridad me inundó, debía aprovechar la menor oportunidad para abandonar lo antes posible aquel santuario de apostasía con las pruebas que me permitirían clausurarlo para siempre.

En aquel momento me enfrenté con un nuevo problema: cómo cargar con todo lo encontrado y poder, dado el caso, escalar muros o escapar de posibles agresores. Decidí comenzar por enumerar los elementos indispensables para el transporte. Me llevaría todos los escritos, pues su entrega al Santo Oficio en la capital sería mi mejor arma contra el padre Ramos. Las cápsulas de vidrio y el cuerno, ya que por tratarse de elementos ligados a la brujería, permitirían enlodar el buen nombre de Catarina San Juan. En cuanto a los dineros, no podía permitir, así fuera a costa de mi vida, que aquella riqueza cayera en manos de los enemigos de Nuestro Señor. Además, y como todos sabemos, Cristo Redentor se sirve de caminos incomprensibles para recompensar a sus fervientes devotos, por tanto, no sería ni digno ni respetuoso de mi parte desatender un presente con el que podría resarcirse en la Tierra el ultraje realizado a los Cielos.

Para poder cargar con todo, desanudé los pergaminos y los envolví alrededor de mi pecho y espaldas. No fue tarea fácil, pero la necesidad cada vez más apremiante de escapar hizo que los folios, aunque muchos, quedaran rápidamente adheridos a mi persona. La sensación de encontrarme dentro de una coraza de piel de chivo y fibras naturales me llenó de tranquilidad, pues a la vez me sentía protegido.

Con las cápsulas fue más complicado mi proceder. Con mucha precaución de no romperlas pude embutirlas en el cinto del sombrero que completaba mi atuendo de hijodalgo; la taleguilla la até a mi cinturón y el cuerno lo tercié encima de mi vientre con el mecate, como lo llaman los naturales, que sujetaba los manuscritos.

Con la mayor cautela decidí ocultar los restos que habían quedado de mi visita. Los trozos de mayólica y la caja de madera aromática, sin el pestillo que ya había extraído y guardado con los reales, regresaron al agujero en la pared. Lo tapé lo mejor que pude, para intentar disimular mi intrusión. Sin embargo, al prepararme para salir me di cuenta de que había olvidado por completo la espada y el rosario, que durante el estallido de la cápsula habían rodado debajo de una banca. Para no volver a abrir el agujero y perder tiempo y esfuerzos en volverlo a cubrir, decidí esconderlos con mucha discreción detrás del altar del oratorio, donde sería muy poco probable que alguien pudiera encontrarlos.

Cuando terminé de ocultarlo todo vino de nuevo a mí la remembranza de la visión del retablo. Consideré que la furia de los infiernos se había desatado por el descubrimiento accidental de aquel escondrijo, en el que la fingida santa había ocultado sus hechicerías. Sor Andrea también regresó a mi mente, pero no como portaestandarte sino como amazona tras haber desmontado. La recurrencia con que esa visión vino a mí durante la noche la atribuyo a haber permanecido varias horas en ese lugar de pecado sin la vigilia necesaria para mantener el espíritu a salvo de la brujería.

Seguía pensando en qué forma salir de la mansión de los Del Castillo y Altra, cuando sentí un golpe tímido en la puerta. La sangre de mis venas se petrificó, apagué la llama de la lámpara y como un relámpago me escondí junto al altar. Unos instantes de absoluto silencio transcurrieron en los que recé a san Judas Tadeo pidiendo una nueva intercesión en aquel trance. Volvieron a golpear, esta vez con más fuerza, aunque sin gesto de violencia. Pensé que si a esa hora alguien de la casa hubiera encontrado la puerta sin candado y visto una luz merodeando en el interior, no tendría tanta cortesía. Salí de mi escondite, sorteé los muebles en la oscuridad, como si hubiese memorizado su posición y pregunté en voz baja por la identidad del visitante. Juvenal susurró su nombre y me sugirió partir cuanto antes de la mansión.

Al abrir la puerta, vi su cara pálida y sus ropas maltrechas, con rasgaduras, manchas de barro y restos de arbustos. Por sus botas se deducía que había atravesado algún lodazal y permanecido oculto entre la maleza. Detrás de él, descendía la soga con la que nos habíamos descolgado desde el techo del otro lado del patio, la cual venía sobre el tejado de las habitaciones principales. Yo estaba tan contento de ver a Juvenal que no pude evitar felicitarlo por regresar por mí y olvidé reprenderlo por su incursión en la casa a sabiendas de sus motivaciones.

De inmediato me pidió que lo esperara agazapado junto al aljibe, mientras él trepaba por la soga hasta el techo. Algo deben de tener los naturales de estas tierras en su sangre impura que pueden escalar como simios o escapar como zorros.

Poco después me hallaba suspendido por los aires, izado por aquel joven que jalaba la cuerda como un titán. En aquella faena, los manuscritos me escocían la piel de tal manera que estuve a punto de soltarme, pero logré sortear aquella dura prueba para reunirme en el techo con él y comentarle sobre los curiosos implementos que descubrí en el escondite de la perra hereje. Juvenal, más preocupado por los destrozos que por mi hallazgo, adujo que lo mejor sería que abandonara la ciudad lo antes posible, pues si el padre Ramos descubría la profanación del lugar, sería implacable. Debíamos por tanto retardar al máximo que se supiera de nuestro atrevimiento, lo que nos permitiría regresar con cierta tranquilidad a México.

El plan de escape lo había preparado con antelación sor Andrea de la Asunción, cuya imagen en mi mente era imposible de olvidar. Juvenal me indicó que si descendía por el costado opuesto del techo encontraría dos monturas en las que podríamos hacernos de inmediato a la fuga. Él me guardaría un tramo y luego

…el retablo de la india apóstata que adornaba el altar del oratorio se iluminó con incandescencias provenientes de los infiernos.

un arriero de confianza me escoltaría hasta el Convento de Santo Domingo en la capital.

Juvenal volvió a bajar por la soga, con el fin de aderezar la puerta de tal manera que nadie sospechara que había sido abierta y bloqueó el mecanismo del candado para demorar su apertura. Cuando inició el ascenso, decidí ayudarlo tirando de la cuerda, pero mi mala fortuna me hizo pisar unas tejas sueltas y éstas se precipitaron hacia el patio. Dos cayeron haciéndose trizas contra el empedrado y una tercera hizo escala sobre la cabeza de Juvenal, quien soltó la cuerda y cayó aturdido sobre el piso, dando un resoplido de dolor. El ruido despertó a los guardianes que estaban en las caballerizas: un par de ellos, armados con bastones y espadas, cruzó el patio. Juvenal, incorporándose y desenvainando su toledana, los enfrentó, no sin antes pedirme a gritos que huyera. Los defensores, a su vez, daban voces pidiendo refuerzos.

Solté de inmediato la soga e inicié la carrera sobre el tejado. El trecho era muy difícil de sortear en dos pies, pues las tejas se quebraban a cada paso, además, al inclinarme los documentos que llevaba adosados se me clavaban en las costillas y el estómago. Abajo se oía el tintineo de los sables y gritos que indicaban a otros hombres mi posición y la forma de atraparme.

Llegué hasta el vértice del techo y no pude divisar los caballos que tenía apostados Juvenal. Corrí en dirección a los huertos que bordeaban la casa hacia el poniente, pues era poco factible que los animales se hallaran sobre la calzada principal.

Por un instante mis pasos se quedaron en el aire: el techo se había quebrado, me resbalé y quedé atrapado hasta la cintura en un hoyo. El cuerno al rebotar en la caída me golpeó en la cara, quizás sólo para humillarme. No podía caer ni salir del agujero. Los rollos de papel, además de hacerme sudar, dificultaban mi respiración pues al irme hundiendo se clavaban con ferocidad en mi tórax.

En el patio, cesaron los sonidos de lucha y se escuchaba la carrera de gente armada que subía a detenerme.

En esa situación extrema recordé que sobre mi cabeza se encontraban las dos cápsulas de vidrio y en caso de caer dentro de la casa podrían explotar quemándome el rostro o volándome los sesos. Alcé los brazos para liberarme del sombrero, pero lo único que logré fue precipitar lo inevitable. Sentí mi cuerpo en suspensión por los aires, esta vez no se trataba de una visión o de un sueño, observé cómo me alejaba del agujero mientras me adentraba en un lugar misterioso, desconocido.

Aterricé en el suave lecho de holán de la hermosa Rosario del Castillo y Altra, el ángel de amor que se convertiría en mi salvadora y artífice, a la vez, de mi perdición.

VII

En el que se continúa la narración de la embajada del honorable samurái Hasekura en su camino hacia la capital de la Nueva España y varios eventos ocurridos en dicha ciudad y en la Puebla de los Ángeles, donde, por azares del destino, Rolando Edmundo decide darse al bandidaje. Año de Nuestro Señor de 1614.

Ella no lloraba, me miraba a la cara y no lloraba. Alzaba su brazo y lo hacía oscilar como una palmera sacudida por el viento. Sonreía con toda la gracia a la que me tenía acostumbrado, porque pensaba que me volvería a ver. Tras ella se asomaba la bahía de Acapulco y el *Date Marú* anclado en sus aguas. Ésa es la imagen que permanece viva en mi memoria desde hace casi diez años.

Abandoné a aquella muchacha que satisfizo mis primeras noches en el suelo americano con la caravana que partía del puerto hacia la capital de la Nueva España. La tripulación que dejamos a bordo de nuestro buque, unos setenta hombres, nos despidió con salvas de cañón y mosquete. Acto seguido se dedicaron a esperar con ansiedad nuestro regreso de Madrid y Roma, cosa que tomaría, según los cálculos optimistas del padre Luis Sotelo, poco más de un año.

En la comitiva que acompañaba al embajador Hasekura, partimos diez samuráis, veinte comerciantes y algún personal de servicio adicional, sumando en total ochenta almas asiáticas, escoltadas por un grupo igual de numeroso de caballeros y soldados novohispanos.

El ambiente durante el viaje fue bastante hostil, pues los roces entre españoles y japoneses durante la noche del recibimiento oficial por parte de los enviados del virrey, se convirtieron en el pan diario de nuestro trayecto por tierra. Los japoneses se sentían agraviados por la división de la comitiva en dos partes: el personal que acompañaría a la embajada y los que custodiarían el barco, pues tenían la idea de que la totalidad de la gente que había embarcado llegaría a besarle la sortija al Sumo Pontífice. Los españoles fueron claros y tajantes, el costo de mantenimiento de la expedición comenzaba a pesar en las arcas virreinales. De la costumbre se deriva que el país anfitrión sufrague los gastos del embajador y sus acompañantes. Para dar una muestra de lo gravosos que empezaban a volverse Hasekura y Sotelo al virrey, debo mencionar que sólo para el viaje a México tuvieron que comprarse unas seis arrobas de pescado, pues la mayoría de los japoneses se negaron a alimentarse diariamente con carnes secas de puerco o res. Para mí, por mis días de esclavitud, esa discusión me fue por completo indiferente, pero dicho cargamento apenas si alcanzó para un par de días; hubo que detenerse en varios ríos para poder completar el abastecimiento o comprar el fruto de la pesca en los poblados de la ruta.

Pero no sólo el asunto financiero fastidiaba a los españoles. La conducta sobria, propia de la dignidad de los samuráis y de los demás integrantes de la comitiva, fue tildada muy pronto de altanera y soberbia; algo normal en las mentes europeas que consideran inferiores a los demás pueblos y se niegan aceptar que otros puedan manifestar un orgullo o dignidad equiparables a los suyos.

Como era de esperarse, al infringirse el límite de lo permisible para los japoneses y, no puedo negarlo, al mezclarse alcohol con los asuntos de honor u hombría, se desenvainaban *katanas* o sables con consecuencias poco venturosas para ambas partes.

En una de aquellas poco venturosas querellas se vio enredado don Sebastián Vizcaíno, quien a pesar de haber sido el piloto de nuestra nave, traía ya pleitos con varios comerciantes a razón de sus mentados arcones de biombos. Dado que el camino hacia la capital era sumamente áspero y lleno de tierra, lo cual lo hacía prácticamente intransitable en época de lluvia, Vizcaíno reconvenía con demasiada severidad y frecuencia a los encargados de la carreta en la que viajaba la mercancía que tenía a cargo. Una tarde en que la caravana se detuvo rendida por el calor, don Sebastián urgió a los hombres de uno de los comerciantes para que descargara su mimado tesoro. La negativa de éstos, que deseaban descansar tanto como el resto de la expedición, hizo que el capitán entrara en cólera y arremetiera a improperios contra varios de sus antiguos tripulantes. Ante la furia e insolencia del malogrado marino se desenvainaron varias *katanas* y, de no ser por mi paso en ese momento para revisar la integridad del matalotaje, el pobre Sebastián Vizcaíno no habría podido llevar a término su misión en Cipango, ni dar muestras de su valía como general pocos años más tarde en las costas de Salagua. Para su escarmiento le quedaron varios tajos en un brazo y una pierna que atendimos lo mejor que pudimos.

No obstante las pendencias, la hospitalidad de la Nueva España fue extraordinaria. Cada uno de los pueblos que pisamos había sido instruido por las autoridades para brindarnos una bienvenida digna de reyes. Cada población nos ofrecía sus mejores frutos, nos homenajeaba, mientras las personalidades locales se interesaban por comprar o intercambiar algunos de los regalos y mercancías que transportaba nuestra caravana. El pobre Sebastián Vizcaíno tuvo que defender sus arcones de biombos de la codicia de los lugareños. Nuevamente a capa y espada y con las pocas fuerzas que le quedaban, llegó al extremo de no separarse de ellos ni para dormir.

Arribamos al valle de México el 4 de marzo de 1614, el día y el mes de la era japonesa no puedo definirlo con exactitud, pues hace muchos años que no empleo esa notación. Yo estaba deslumbrado con el esplendor de los edificios y el amplio trazado de las avenidas, pues esperaba encontrar una ciudad similar a Manila, medianamente contrahecha y todavía con solares ruinosos. Ante la gran capital de la Nueva España, Manila lucía como una hermana paupérrima. Al embajador le sorprendió que la ciudad se irguiera en medio de un lago y con gran admiración se le contaron las historias de su primera fundación por parte de los aztecas, así como las mejoras y construcciones realizadas por los españoles.

Por supuesto, la descripción no incluyó las graves dificultades que había para mantenerla a salvo de las inundaciones y los problemas de salubridad que originaba la contaminación de varias acequias cercanas a los centros de abasto. Hasekura con sus propios ojos confirmaría las contradicciones de aquella urbe y las aceptaría con la naturalidad de su mente samurái. El pez no vive en el agua clara, acostumbraba a decir, son las algas las que le permiten alcanzar su plena madurez.

Nuestro acceso a través de la capital fue inolvidable; días antes se había corrido la voz de nuestra llegada y miles de personas de la ciudad y de los alrededores se habían apostado a lo largo de la ruta para saludar a la comitiva. El famoso cronista Artemio describió con tanto acierto la pompa que engalanaba las calles, las guirnaldas de flores, los reposteros heráldicos, los paramentos bordados y los pretiles con flámulas, que sería redundante ahondar en ello. Mientras el indio Chimalpáhin escribió sobre nosotros y nuestras vestimentas del *jabún*, como lo decía en su lengua. En su diario, haciendo caso a las habladurías que ya corrían por la ciudad, consignó que el pobre capitán Vizcaíno había sido víctima de la codicia de los japoneses, quienes no habían dudado en acuchillarlo para sustraerle los regalos. Nada más falso y tergiversado. Por fortuna en estas tierras pocos prestan atención a las palabras de los indios.

Y si don Sebastián Vizcaíno avanzó durante el desfile como

un perro que se lame las heridas, su fortuna, cambiante como la de todo mortal, lo recompensaría el año siguiente cuando comandó las fuerzas improvisadas que detuvieron el avance del pirata holandés Joris van Spielbergen (o Jorge de Spilberg, como lo llamaban en estas tierras). Gracias a los oficios del capitán, quien bloqueó todo tipo de bastimentos y acceso al agua de los holandeses, se evitó que la Flota de Manila cayera en sus garras. Como recompensa se le designó, entre otros honores, alcalde del puerto de Acapulco, donde volvería a encontrarlo unos años después.

Pero regreso a aquel mediodía del 4 de marzo de 1614 y a la apoteosis de ingreso a la capital. La ciudad hervía con el bullicio de los curiosos y hospitalarios mexicanos. La gente venida de todas partes se amontonaba a los flancos de la calzada. Un aguacero floral nos bañó hasta escampar en los predios del palacio virreinal, donde el virrey en persona, don Diego Fernández de Córdoba, nos dio la bienvenida y elogió el esfuerzo de aquella primera embajada. En particular, alabó la decisión de evangelizar con la Verdadera Fe al Japón y demás tierras donde dominaba el demonio de la idolatría.

El embajador Hasekura, por medio del fraile Sotelo, agradeció la bienvenida y entregó la carta que Date Masamune había redactado para saludar al virrey y en la que pedía ayuda para que llegáramos a Madrid y Roma. Como era costumbre en este tipo de comunicados, se reforzaba la necesidad de aumentar el comercio entre los dos reinos y se ofrecían los puertos del reino de Voxu, de donde veníamos, para que la flota procedente de Manila pudiera fondear en su camino hacia América. De igual forma, se solicitaba libertad para atracar en los puertos novohispanos a la flota que el señor Masamune deseaba construir para el comercio interoceánico. Este último factor aterraba a los españoles, quienes a la sazón debían competir con la piratería holandesa e inglesa, mientras veían erguirse a Francia como otro posible y nada despreciable contendor. Por si fuera poco, recientemente había corrido el rumor de que el shōgun japonés había tenido la intención de invadir las posesiones de Filipinas, azuzado por consejeros de la pérfida Albión.

El virrey guardó la compostura. Prefirió dejar pasar los comentarios que profería su séquito y, tras la ceremonia de bienvenida, nos despachó hacia el Tecpan de Santiago de Tlatelolco. Allí seríamos alojados bajo la custodia de don Antonio de Morga, quien unos años atrás había sido un alto funcionario en las Filipinas y había defendido la ciudad contra las embestidas de los holandeses. Don Antonio, una vez desmontado en el patio de caballos, nos leyó el bando que tenían preparado para nuestra llegada: se ordenó que la comitiva entregara sus armas a excepción del propio embajador y cuatro personas más allegadas de su séquito. Éstas serían guardadas hasta nuestro regreso al Japón. De igual forma, se instruyó a la población para que cualquiera que querellase contra nosotros, con causa o sin ella, fuera castigado bajo pena de galeras, vergüenza pública o trabajos forzados en obrajes.

Mientras escribo estas líneas observo mi *katana* o lo que queda de ella. Es una gran deshonra para un samurái ser desarmado. El *daisho*, es decir, la espada larga, *katana*, y la corta, *washisaki*, son la prolongación del cuerpo del samurái, con las cuales defiende a su señor de los enemigos y administra la muerte contra ellos o contra sí mismo.

Hasekura entendió que habían dado motivos para que les fueran retiradas las espadas y ordenó que todos acataran el mandato, a excepción de Hideki, Onto, Junichiro y yo. Nadie replicó, pues la obediencia a nuestro líder era absoluta. Los españoles quedaron satisfechos ante la orden del embajador y, como contraprestación, vigilaron permanentemente la embajada de una manera discreta y efectiva, lo cual evitó roces o abusos en contra de nuestra gente de comercio.

El Tecpan de Tlatelolco se convirtió en una atracción circense. De todas partes de la ciudad y del valle de Anáhuac empezaron a llegar los curiosos para conocer a los recién llegados, admirar sus vestimentas y sus armas (algunas de las incautadas fueron puestas en exhibición) y conocer más acerca de las lejanas tierras de Zipango o del reino de Tsin. Como era de los pocos que hablaba el castellano, fui llevado de casa en casa, de iglesia en iglesia, hice contactos entre nobles, comerciantes, damas de la sociedad y me enteraba de todos los comentarios que suscitaba nuestra estulta expedición, como algunos aristócratas la llamaban. Con muchas de estas experiencias escribí varios folios para documentar nuestra visita, los cuales decidí quemar más adelante por razones que luego explicaré.

La estadía en la ciudad de México se dilató varias semanas. Según los informes de la Armada de su majestad, la Flota de las Indias partiría para España en el mes de junio y no en abril como lo había asegurado fray Luis Sotelo, quien aprovechaba su fama repentina para sellar alianzas dentro de su congregación y preparar su retorno evangelizador al archipiélago.

Mi relación con Sotelo seguía deteriorándose, debido a nuestras diferentes visiones del mundo. Su versión de la cruzada evangelizadora en Asia, que recaía en su mando, olvidaba los grandes esfuerzos y resultados logrados por los jesuitas en el sur de Japón, en la China e India y contradecía mi opinión de que el punto más importante del contacto con esas tierras debía consistir en el intercambio comercial con la Nueva España. Eso era algo, precisamente, sobre lo que había insistido tres años atrás el mismísimo shōgun, Tokugawa Ieyasu, en cartas que había traído don Rodrigo de Vivero, en las cuales se ofrecían puertos y comercio para los españoles a cambio de renunciar a sus pretensiones evangelizadoras. El archipiélago se encontraba muy a gusto desde hace siglos dentro de la senda de las cinco virtudes o bienaventuranzas. Los nipones sabían de sobra que detrás de todas estas cruzadas se ocultaba el interés del papa y del emperador Felipe de convertirlos en súbditos. Muy seguro estaba yo que entre más insistieran los españoles en el punto, cada vez más pobres serían sus resultados. Y hasta el momento, el tiempo me ha dado la razón.

Otro aspecto que no pasó inadvertido a los astutos funcionarios virreinales, fue la autoridad del Date Masamune y la conveniencia de entablar un comercio continuado con un señor feudal que debía tributo al shōgun y no con el soberano mismo. Muy pronto empezaron a hacerse preguntas y a investigar con los misioneros jesuitas y agustinos la manera en que discurrían el poder y las jerarquías en el Japón. Las suspicacias fueron muy pronto en aumento.

Al acercarse las celebraciones de Semana Santa, Sotelo, con el fin de resaltar su influencia espiritual sobre la comitiva, ideó una gran ceremonia solemne de bautismo para todos los nipones en la iglesia de su congregación, a la que asistirían el virrey y las demás órdenes religiosas. Del sacramento sólo nos salvamos dos, Hasekura y yo. Sotelo decidió reservar al embajador hasta nuestra llegada a Madrid, con el fin de que el mismo Felipe III lo apadrinara. A mí me dejó a un lado por pura y simple animadversión, pues varias de mis declaraciones habían dejado en evidencia sus ansias de poder y escaso tacto para disimularlas. Como excusa, adujo que yo ya había sido bendecido al llegar a Japón por los jesuitas de Nagasaki, de donde había obtenido mi nombre católico y que tan alto sacramento sólo se podía recibir por vez única. Esto lo dijo a sabiendas de que a la mayoría de la comitiva ya la había bautizado él. Preferí no protestar, a fin de cuentas yo era consciente de que muchos de mis compañeros regresarían al Japón o morirían en el camino con cuatro o cinco de aquellas ceremonias encima.

El bautizo se realizó: si las calles estaban abarrotadas al paso de las nuevas almas que ganaría la cristiandad, en la iglesia no cabía un alfiler. Ese día, como lo fueron casi todos a nuestro paso por México, fue de fiesta y alborozo. Se organizaron juegos y verbena popular. El virrey y su esposa fueron los padrinos, el pueblo gozó y se embriagó. Sotelo reforzó su autoestima y los nobles su simpatía por los japoneses, sin abandonar del todo la desconfianza.

Hasekura estuvo muy sobrio y lacónico como siempre. Se sabía el plato principal de futuras festividades similares. Por mi parte, tras la actitud de Sotelo, preví que pronto surgiría algún pretexto para separarme de la comitiva y me preparé, pues sólo un samurái negligente no considera todas las eventualidades antes del momento de la acción.

El fraile Sotelo notó mi disgusto y trató de resarcir sus desplantes incluyéndome en una ceremonia de confirmación que organizó para la fiesta de san Marcos con la presencia del arzobispo Juan Pérez de la Serna, personaje harto conflictivo e intrigante, cuyo gran poder como prelado se evidencia en la vida espiritual y económica de la capital. A pesar de todos los esfuerzos de Sotelo para ganar de nuevo mi confianza, para mí las cosas estaban muy claras; a menos que mi señor Hasekura ordenara algo en contra, no deseaba seguir con la embajada hasta Europa.

Cartas y comparsas llegaban de la Puebla de los Ángeles para invitarnos a visitar la ciudad antes de nuestra partida al puerto de la Vera Cruz. Sotelo urgía partir de México, en parte porque ya había colmado la paciencia de su orden, mucho decir si se considera que se trataba de los franciscanos. El virrey autorizó con prontitud nuestro traslado, pues los hacendados poblanos se harían cargo de todos los gastos de nuestra estadía. Yo lamentaba este nuevo viaje, porque a esas alturas había logrado establecer un horario de visitas y atenciones a nuestros benefactores capitalinos y mi fama ya había cundido entre las damas de la metrópoli, cuestión que me mantenía bien ocupado en altos menesteres a todo momento.

En cuanto a la misión comercial que Hasekura controlaba con gran discreción, nuestra delegación entabló relaciones importantes con los mercaderes del Galeón de Manila, quienes estaban muy interesados en las manufacturas del archipiélago. Además, se adelantaron contactos con los dueños de beneficios de mineral de plata, que prometían comprar cargamentos completos de azogue japonés, insumo indispensable para refinar el mineral. Al parecer, el costo sería menor que el pagado a la Casa de Contratación de Sevilla y los nipones estaban ávidos por recibir reales de plata, que tenían tanta aceptación en Asia como en el resto del mundo conocido.

El embajador Hasekura era consciente de que si *el Dragón de un Ojo*, como se lo conocía a Date Masamune, prosperaba en el comercio con América, podría mejorar su relación de poder frente al shōgun y, con las alianzas correctas, quizás se atrevería a derrocarlo. A pesar de estar sujeto a la obediencia y fidelidad al líder máximo que había reunificado el Japón a sangre y fuego, Date Masamune albergaba un espíritu altivo y ambicioso.

Por aquellos días, el embajador recibió noticias tranquilizadoras de la tripulación que se había quedado en Acapulco, pues no había protagonizado ningún desorden desde el momento en que entregaron las armas. Con varias tareas realizadas y el personal dispuesto a continuar, partimos hacia la Puebla de los Ángeles, a donde llegamos el día de la Ascensión de 1614.

Ya nos estábamos acostumbrando a las recepciones pomposas: la Puebla, con sus grandes ambiciones de convertirse en capital del virreinato, no escatimó un tomín para hacer palidecer nuestra entrada en México. A un tiempo con los tradicionales banquetes en nuestro honor, se organizaron corridas de toros, carreras de caballos y un espectáculo denominado por los locales suerte de varas o juego de cañas, para el que se solicitó participar a Hasekura y a tres samuráis más, entre los cuales estaba yo.

La competencia, muy arraigada en España por su vistosidad y reminiscencia de las guerras contra los moros, consistía en el enfrentamiento de dos cuadrillas a caballo con lanzas o cañas que se arrojaban unos a otros y se repelían con unos escudos de madera que ellos llamaban adargas. Las cañas de poco peso y sin filo silbaban en el aire antes de chocar contra la madera de los escudos, emitiendo sonidos que emocionaban a los espectadores. Durante el juego y con pretexto de atacarse una escuadra a la otra, se permitía realizar todo tipo de acrobacias o cabriolas que demostraba la destreza de los jinetes.

Hasekura, un tanto harto de deambular entre palacios de nobles e iglesias repletas de incienso, quiso demostrar la valía de los guerreros japoneses. Ya sobre nuestros caballos, una vez finalizado el paseíllo para saludar a las gradas, el hábil samurái nos dio la orden de tomar aquello no como un espectáculo sino como un ejercicio de combate. En el primer lance no tomó las cañas inocuas sino unas que llamaban bohordos y que estaban revestidas con una capa de yeso que permitía levantarlas y arrojarlas con mayor precisión y fuerza. Por fortuna, el embajador la lanzó a una buena distancia y el contrincante pudo desviar el tiro con su adarga y protegerse con el resto de su cuadrilla. El segundo enfrentamiento me tocó y, por desgracia, mi rival español no tuvo la misma suerte de su predecesor. Embestí al galope y le lancé el bohordo cara a cara (algo que luego supe era gesto de mal caballero), con lo que el jinete apenas tuvo tiempo de adargarse y se llevó un buen golpe que lo hizo caer de su cabalgadura. La caída fue tan aparatosa que el juego estuvo a punto de pasar de cañas a lanzas. El público maravillado aplaudía y se dejaba deslumbrar por las piruetas que realicé sobre mi caballo y que fueron secundadas por aquella fabulosa cuadrilla vestida con armaduras de madera labrada y esmaltada y trajes de sedas multicolores.

El jinete, un noble hacendado de nombre Fernando de Cebrián, ofendido en su orgullo, volvió a montar e intentó herirme en varias ocasiones, pero era tan poco diestro que lo dejé en ridículo ante las graderías que al ver a sus naturales tan mal parados cambiaron los vítores por los insultos. La suerte se suspendió a tiempo antes de que se armara una escaramuza soltando a un toro al que, armados con rejones, dimos muerte entre todos.

Aquella demostración de la pericia de los japoneses dejó maravillados a muchos de los lugareños, mientras hirió el orgullo de otros, en especial el de don Fernando de Cebrián, quien desde entonces ha albergado un odio ciego hacia nuestra empresa, intentando con su naciente emporio apropiarse del taller o robarnos la clientela.

Y si de empresa y laboriosidad se trataba, fuimos muy pronto testigos de la visión comercial de los poblanos, quienes poseían los obrajes más importantes del país, proveían los bastimentos de la Flota de las Indias y el Galeón de Manila y organizaban en su ciudad la feria comercial más importante del virreinato con productos procedentes de Asia, Europa y América.

Por aquellos años nacía una industria incipiente que producía cerámica de regular calidad y varios de los productores deseaban aprovechar los conocimientos de nativos asiáticos para mejorar sus productos. En nombre de los poblanos, el corregidor solicitó al embajador Hasekura ceder algunos miembros de su comitiva para tal fin. Los gastos de su estadía serían cubiertos por los talleres y, de desearlo, podrían regresar al Japón cuando hubieran finalizado su viaje europeo. Esto vino como anillo al dedo a Sotelo, pues yo conocía tanto el oficio alfarero que había aprendido en mi tierra natal, como el idioma para poder apoyar a los hombres que se quedarían en la factoría. El fraile también elogió mi habilidad con el pincel, aprendida en los talleres de biombos de Japón, donde fui esclavo.

Hasekura lamentaba perder a su más fiel traductor, además de una de las espadas que lo protegían, pero la obligación con el anfitrión, que debía honrar a toda costa, lo forzaba a acceder.

El embajador, como medida estratégica, pensó también resguardar los pasos de la ruta de regreso con dos samuráis; decidió dejar también a Hideki, quien asumió el liderazgo del grupo: doce hombres en total.

Fue así como llegué hace casi ocho años a esta ciudad en la que escribo. Hideki decidió quedarse también y continúa a la cabeza del taller. Ocho de los artesanos decidieron regresar a Japón cuando el virrey Fernández de Córdoba se hartó de esperar el retorno de la embajada de Hasekura y Sotelo y ordenó la partida de la delegación con el galeón del año 1615. Este hecho fue aprovechado por el virrey para apropiarse del *Date Marú* y cambiarle el nombre a *San Juan Bautista*, quizás por alusión a todos sus ahijados japoneses.

Aunque vivimos en el mismo edificio, hace casi cinco años que no veo a Hideki. Vivo encerrado en la factoría desde que recayó en mí la desgracia del *ronin* y no he abandonado esta habitación que me ha servido de celda y taller. Extraño el aire libre, sólo puedo contemplar desde unas rendijas las montañas cercanas a Puebla, sus hermosos volcanes coronados de nieve. En esta habitación purgo mis errores y le retribuyo a mi amigo sus cuidados con mi trabajo decorando biombos o vajillas. Esta es mi celda y mi taller, donde vivo entre buriles, pinceles, hojas de oro y pergaminos, hasta que un día me considere digno de libertad.

Ya me acerco al momento de narrar por qué me encuentro aquí. Pero antes me gustaría regresar a los acontecimientos, pues no he contado lo que sucedió después de la partida de la embajada a la Vera Cruz el día de Pentecostés de 1614.

Ante la comitiva, Hasekura pronunció un discurso que no se borra de mi memoria, nos nombró embajadores de Date Masamune, representantes del reino Voxu, altos artesanos, orgullo de nuestros ancestros y mil nombres más que sería ocioso consignar aquí. Hideki y yo nos dimos cuenta de que las costumbres españolas se iban asentando en él y temimos que las mañas del fraile hicieran mella en su carácter. Creímos no equivocarnos entonces.

Al día siguiente de la partida, nos dispusimos a revisar los talleres y hornos de labor. Hicimos modificaciones en la selección de las tierras para la mayólica, corregimos problemas en pigmentos y esmaltes, entrenamos a varios pintores y alfareros. Tras seis meses de ensayos salieron de la factoría las primeras vajillas, que si bien no igualaban en dureza a la porcelana de mi lugar de origen, Jingdhezen, podían competir en elegancia y funcionalidad con aquélla. Luego vinieron los problemas.

La ayuda brindada a la gente que nos presentó el corregidor despertó la envidia de los artesanos que no se beneficiaron con

Al embajador le sorprendió que la ciudad
se irguiera en medio de un lago…

nuestros métodos. Las nuevas vajillas les hicieron perder clientes y, por ende, dinero. De pronto, nuestra factoría se llenó de pedidos mientras otros talleres comenzaban a cerrar. Hideki intentó contratar a artesanos desempleados para poder cumplir con la producción, pero la gente del corregidor se lo impidió alegando viejas rencillas. Nos encontramos en medio de una rivalidad que terminó atizando el odio a los extranjeros afincados en la factoría.

Una noche, artesanos ebrios, azuzados por los rivales de la élite gobernante, penetraron al taller e intentaron asesinar a nuestro líder. El asunto hubiera terminado felizmente si no hubiera intervenido la gente del corregidor. En medio de la confusión y la oscuridad, uno de los alguaciles estuvo a punto de atravesar con su espada a Hideki; no tuve más alternativa que matarlo. El corregidor exigió justicia y yo, que no tenía la mínima intención de ser prisionero de los españoles por una falta menor, decidí darme a la fuga, no sin antes quemar todas mis pertenencias y los escritos que había acumulado hasta entonces. No quise dejar rastro alguno. Escapé solo, o mejor, sólo acompañado por mi *daisho*. A partir de entonces, fui proscrito en la ciudad.

Durante los primeros días de mi huida intenté vivir solo en las inmediaciones del volcán Popocatépetl, cuyas faldas abundantes en grutas me sirvieron de refugio. Mi caso estaba muy lejos de ser olvidado y el corregidor, quien tras el incidente había obligado a Hideki a cederle la mitad de las utilidades de la factoría como compensación, seguía en mi búsqueda. Como no obtenía perdón alguno y no deseaba seguir huyendo, me uní a un grupo de léperos que deambulaba por la zona. Al poco tiempo me convertí en su cabecilla. Para ser honesto, nos dedicábamos al bandidaje y, aunque no hacíamos gran lucro con ello, pues casi todo lo repartíamos a los desamparados de las poblaciones que nos brindaban escondite y comida, mi fama fue creciendo de forma tal, que pronto estuve al mando de unos sesenta hombres.

Tras algunas correrías hacia el norte y el este, que he dejado consignadas en otros folios, nos establecimos en la zona de

Zacatlán, donde ni siquiera los fieles al virrey se atrevían a buscarnos.

Durante los casi tres años que duraron mis andanzas de bandido, entre finales de 1614 y 1617, perdí cualquier contacto con Hideki y la comitiva de Hasekura, hasta una noche en la que detuvimos una caravana bien armada que venía de la Vera Cruz hacia Puebla; transportaba vino, paños y, al parecer, gente principal.

La emboscada fue bien ejecutada; mis hombres desarmaron a los guardias y desmontaron a los personajes de los carruajes para esquilmarlos. Cuál fue mi sorpresa al ver que el viejo fraile Sotelo se encontraba entre ellos. Me acerqué en mi caballo para darle la bienvenida, cuando un hombre que se encontraba a su lado me insultó en japonés. Por su forma de vestir pensé que se trataba de un español, pero al llegar a pocos metros de él, sustrajo de entre sus calzas una *katana*. No pude dar crédito a lo que vi. Aquellas ropas oscuras, de luto riguroso, alteradas sólo por el blanco encaje de la gorguera, pertenecían a mi antiguo señor: Tsunenaga Hasekura.

VIII

1634 ✣ LA TARDE

La brisa de la montaña despertó a Alberto Esteban. Afuera empezaba a oscurecer y su misión, además de haberse retrasado, estaba aún incompleta. Sabía que la placidez de la respiración de Catarina San Juan se relacionaba con un sueño profundo y reparador. No quiso caer por el momento en más detalles, era consciente de lo sucedido y por ello sintió miedo y prefirió cerrar los ojos de nuevo, como si los hiriera la oscuridad de la caverna en la que habían detenido el galope y resguardado a las bestias.

Puebla se encontraba lejos, tanto como los enemigos de su señor. Por lo menos eso pensaba, en vano, pues ahora temía más a la ira de Rolando Edmundo que a la rueda de tortura del marqués o al acero del Paisita. Pensó que el mayor enemigo lo llevaba adentro, aquel que le ponía las trampas más ladinas, capaz de desmentir las virtudes que creyó poseer o que los demás le endilgaban.

El mismo Leviatán, contra el que Catarina se hallaba en constante lucha, los había traído hoy a su madriguera para someterlos a sus designios. Ese mismo demonio arcano podía estar relacionado con la visión del dragón que emergía en su mente; serpenteaba sobre la negritud, arqueaba su cuerpo brillante y multicolor, abría sus fauces para engullirlo con un estruendo pavoroso y luego, volvía a embestir una y otra vez, devorando y escupiendo a su presa sin hacerle daño alguno. Alberto Esteban se acostumbró desde chico a esta imagen que atribuía a los relatos que su abuelo Roque usaba para asustarlo. Contar los giros del animal se volvió un juego rutinario que le facilitaba conciliar el sueño.

Con los ojos cerrados añoraba la visita del monstruo que ahora se negaba a aparecer. Hizo un esfuerzo para materializarlo, pero en su lugar brotó Rolando Edmundo cubierto con su capote monacal, sentado sobre un petate en una posición que él denominaba «loto de la paz». Rolando Edmundo levantó las manos, que reposaban con varios dedos unidos sobre sus rodillas y retiró la capucha para que se pudiera ver el rostro; su cara impasible, los ojos semicerrados, como si mantuviera un contacto mental con el Más Allá. Al abrirlos por completo fueron reemplazados por dos profundos agujeros de los cuales emergieron sendos dragones, que colmaron todo el espacio de la visión con sus llamaradas. El fuego no distraía a Rolando Edmundo quien permanecía sereno, sin que sus ropas o piel fueran consumidas por las llamas. De pronto, se escuchó un lamento... Alberto Esteban abrió los párpados y retomó la conciencia de hallarse dentro de una cueva en el camino al refugio de su maestro. El granito de la bóveda, manchado por el humo de las fogatas, algunos insectos que merodeaban las alforjas de su caballo y el graznido vespertino de los cambujos conferían al momento una sensación de realidad inapelable.

Alberto Esteban no sabía cómo interpretar la última visión; sería una señal de peligro inminente o el daño provendría de Rolando Edmundo al enterarse de lo ocurrido con Catarina... Podría ser una creación de su propia conciencia. Sin embargo, no se sentía débil, ni arrepentido y sabía que Catarina tampoco lo estaría. ¿Por qué estarlo? Gracias a Rolando Edmundo había aprendido la aceptación del cuerpo y de la sexualidad como algo inherente a la condición humana. Una actividad natural que no debía negarse ni reprimirse so pena de convertir el mundo en un Purgatorio. Por lo experimentado con Catarina unas horas antes, ella parecía haber asimilado en plenitud las mismas enseñanzas. Pero, de ser así, ¿cómo era posible que hasta esta tarde hubiera mantenido intacta su virginidad?

Con esos pensamientos giró su cabeza, apoyada sobre uno de los muslos desnudos de la mujer. La luz, aunque difusa, entraba sin consideración por la boca de la caverna alumbrando el cuerpo tendido, el torso cubierto y la cabellera negra vertida sobre sus hombros y pechos. La otra pierna de Catarina reposaba sobre el tórax del muchacho, subiendo y bajando al compás de su respiración. Alberto Esteban enfocó su vista en los vellos púbicos de Catarina sacudidos por la brisa vespertina; los concibió como seres expuestos a los caprichos del deseo inclinándose hasta rozar la piel y volviéndose a levantar apuntando hacia el firmamento.

Resbaló su mirada sobre la piel morena que parecía irradiar su propia luz y tropezó con una cicatriz de casi medio palmo, una herida mal cosida y, al parecer, cauterizada con un fierro candente, la cual habría acompañado al muslo de Catarina durante muchos años. Era la marca de la esclavitud y la miseria. Alberto Esteban recordó haber escuchado sobre su infancia en cautiverio a manos de piratas portugueses e imaginó el dolor que había podido sentir una niña de diez o doce años con esa lesión. La lanza o lo que la hubiera herido había penetrado la piel, desgarrado músculos y tendones.

El joven imaginó cómo la sangre brotaba de aquella muchacha hindú y se fundía sobre los tablones de la cubierta de la nao con la derramada durante decenas de abordajes. Escuchó los piratas vociferar en un idioma incomprensible, disputándose la posesión de la chiquilla que, alejada de sus padres y de los esplendores de sus palacios, saboreaba con amargura sus primeros contactos con el mundo real.

Muchas décadas después, Catarina revelaría el episodio a su confesor, quien en medio de un arrebato místico, transcribiría los hechos añadiendo santos, serafines, querubines y sus magníficas potencias y omitiría al cirujano de a bordo, su ayudante ebrio y el metal al rojo vivo con el que chamuscó la herida. Asimismo, el padre Ramos en su relato protegió a la desvalida niña de los embates lujuriosos de la tripulación, que fue mantenida a raya por la Divina Providencia y las once mil vírgenes.

Alberto Esteban escuchó también los aullidos de la joven al contacto con el hierro y los entremezcló con las lamentaciones de los moribundos que había visto en combate. Catarina había experimentado tanta miseria y dolor en su camino hasta América, que su encierro espiritual se tornaba comprensible: respondía a la necesidad de defenderse de su memoria, de crear un mundo propio que la aislara y protegiera. Había levantado una fortaleza siempre asediada por el demonio, el mundo y la carne. Una fortificación que hoy había abierto sus puertas de manera única, inexplicable.

Pronto conociste al demonio; brotaba de la boca de los hombres y mujeres que asistían a misa, acechaba en cualquier rincón, siempre agazapado para abalanzarse sobre las almas más pías. Aprendiste a verlo desde muy chica, en las palabras, en las acciones, en los murmullos ahogados por el incienso de las procesiones, en los aullidos de los agonizantes. Al abrigo de los confesionarios, humedecida por los hisopos que no cesaban de esparcir el agua bendita, bajo el manto protector de las monjas, te preparaste para la lucha. Demonio, Carne o Mundo, contra ellos encauzaste tu vida hasta conocerme. Y aun así, nunca quisiste verlo como la otra cara de la misma moneda, como el contrapeso indispensable para que el bien pueda existir. Tras separarnos, todo se convirtió en una cruzada ascética contra la culpa.

Alberto Esteban inclinó la cabeza hacia adelante y posó sus labios sobre aquella porción de piel achicharrada que reñía con la mórbida elasticidad del resto de Catarina San Juan. Se permitió unos segundos para volver a anegar sus sentidos con la fragancia irresistible de la santa, cerró los ojos y cayó nuevamente en el reconfortante sueño de los que aman.

—¡Se nos escaparon de nuevo, Everardo! —gritó don Fernando de Cebrián, el marqués de la Flota, mientras los cascos de su purasangre pisaban las huellas de los perseguidos.

El Paisita desmontó y se encaminó hacia la cueva seguido por dos indios a pie. Antes de seguir, se volvió hacia su patrón para responderle:

—No se preocupe, mi don, les hemos acortado un buen trecho. Los alcanzaremos esta misma noche.

—A ver si puedes vengar a tu potranca. No puedo creer que un muchacho lendroso te haya dado tantos problemas —repuso el marqués enfatizando el gesto con la mitad de su cara, la que no estaba cubierta con un terciopelo negro.

—El mocoso y la santona son míos. Vuestra merced hará lo pertinente con el chino de los cojones —dijo para zanjar la conversación y entrar a la caverna.

El marqués sentía la seguridad de haber exterminado el último reducto de los forajidos la noche anterior. A Rolando Edmundo no debían de quedarle más de tres o cuatro hombres de su círculo más cercano. En la hacienda donde planeó la emboscada había esperado con impaciencia las noticias del Paisita, sin dudar en pedir refuerzos a sus dominios en Puebla y Tlaxcala. A pesar del triunfo, había aprendido a base de derrotas que cualquier ventaja concedida al chino, por pequeña que fuese, podía dejarlo con un palmo de narices o, por la experiencia vivida seis meses atrás en Zacatecas, con sólo la mitad de la nariz.

El punto final estaba cerca y a su favor; podría cobrarse los cientos de miles de reales saqueados, repartidos a los léperos o enterrados sabe Dios dónde; además, vengar la muerte de dos de sus hijos y ajustar la cuenta por la herida que se había tragado la mitad de su cara y que lo había llevado a retirarse por completo de la vida pública, hasta el punto de que muchos lo daban por muerto. Esa mancha, que a veces sentía caminarle sobre la piel como una araña de patas incandescentes, constituía la más grave afrenta del forajido, pues hijos todavía le quedaban y sus energías aún le permitían hinchar cuantos vientres fuesen necesarios para asegurar su linaje. Sin embargo, su antiguo rostro no se lo devolvería nadie, ni siquiera mil muertes de Rolando Edmundo. Sabía que ese mismo odio y rencor que había alimentado durante una década le habían permitido sobrevivir a la última agresión por parte del chino.

El Paisita y los indios tardaban en regresar; el marqués se volvió hacia la veintena de jinetes que lo seguían y que aguardaban en completo silencio, como una muestra del respeto y temor que infundía el extremeño. Algunos indios rezagados llegaban a pie en ese instante y se ubicaban en la retaguardia del grupo. La revisión de la tropa finalizó en el nuevo caballo del Paisita, que aguardaba también con impaciencia la llegada de su amo. Don Fernando observó con asombro cómo se hallaba enjaezada la crin, con docenas de escapularios, crucifijos de filigrana y algunas cuentas de rosario. Otros tantos adornos pendían de la brida y de la rienda con ribetes y repujados de plata bruñida. La silla de montar constituía otro ejemplo de ramplonería y superstición combinadas: fabricada en madera de ébano, se encontraba revestida en cuero negro recamado con figuras de dagas y corazones humanos que habían sido engrasados y pulidos con tanto esfuerzo que parecían emitir destellos. El brillo de la montura pasaría inadvertido de no ser por las demás aplicaciones en plata que recorrían las cinchas y las correas de los estribos. Estos últimos, el complemento argentino del extravagante conjunto, debían pesar dos libras cada uno; recubrían casi por completo el pie del jinete y terminaban en una punta afilada, para el combate con gente de a pie, labrada con decenas de florituras y gollerías sin significado, pero muy costosas en la elaboración. Del cuerpo de la silla colgaban borlas entrelazadas del mismo cuero con festones finos del metal que colmaba los delirios de grandeza del Paisita. Las alforjas contrastaban con aquel desperdicio de plata, cuero y madera y estaban hechas con piel de conejo, tersa y blanca como la capa de armiño de su majestad Felipe IV.

El marqués estimaba que el conjunto podría pesar con facilidad una arroba y media y que en él se había invertido buena parte del jugoso salario que percibía el sicario, a quien nunca se le había conocido familia, amigos, ni mucho menos mujer. El marqués confiaba en aquel hombre capaz de rastrear cualquier tipo de presa y cuyo único amor lo constituían los caballos. Sabía que haber sacrificado con varias estocadas al animal herido por Alberto Esteban y tener que arriesgar ahora su más fina cabalgadura, sería cobrado sin piedad alguna.

La falta de mesura de la montura reñía con la forma de actuar del Paisita; frialdad, discreción y exactitud llevadas hasta el extremo convergían en el lugarteniente ideal para exterminar a la mesnada de Rolando Edmundo.

El marqués recordó cuando vio por primera vez a Everardo Aristizábal, alias el Paisita, hacia el año 1629. El matón había llegado al puerto de El Callao tras huir de la Nueva Granada, de donde era nativo. Venía buscando al demonio adecuado para vender su alma. Cuando don Fernando lo observó entrar en pendencia y despachar a un trío de buscones, supo que sólo debía ofrecer el precio adecuado.

En un principio el Paisita protegió, con excelentes resultados, los intereses del marqués en el Perú, pero tras el desastroso asalto a la Hacienda de Veraguas, el marqués enardecido lo mandó a llamar para encabezar la cacería sin cuartel de los últimos dos años.

Don Fernando pensaba que si el Paisita fuese conocido por los párrocos de Puebla, éstos se habrían convertido en sus más fervientes admiradores, por las cantidades de cristianos que había hecho arrepentir de todos sus pecados antes de despacharlos con dos tajos transversales en el cuello: su rúbrica personal.

Las nubes volvían a revolverse en el cielo y la brisa empezó a aborrascarse.

El sombrero negro de ala ancha fue lo primero que se vio salir de la cueva.

—Albricias, mi don, están más cerca de lo que pensamos. Vaya si el joven trata de superar al maestro...

—Al grano, Paisita, ¿por dónde se fueron? —respondió cortante el marqués, deseando lanzarse al galope cuanto antes.

—Bordean la montaña hacia el oeste, se retrasaron un buen rato aquí y ahora llevan mucha prisa, porque no borraron bien el rastro. Van en monturas separadas, en el caballo y la mula. No están lejos, querrán llegar antes de anochecer.

Impaciente, el marqués azuzaba con los pies a su caballo, mientras lo refrenaba con la rienda para que girara sobre sí mismo.

—Mire lo que nos dejaron —añadió el Paisita elevando en su puño una cruz de plata de cuatro brazos.

—Caravaca —respondió el marqués y dio las instrucciones para reanudar la persecución.

El Paisita, tres jinetes y él decidieron ir adelante tras el rastro. Detrás, a cierta distancia, los seguirían los demás hombres a caballo y los guachichiles que pudieran mantener el paso. Un grupo menor se quedó en la caverna para guiar a los piqueros, arqueros y arcabuceros de su pequeño ejército personal, que no tardaría en arribar. El grupo de punta partió a galope tendido.

Alberto Esteban abrió los ojos. La *katana* de Rolando Edmundo no dejaba de perseguirlo durante el sueño. En su mente escuchó los ecos del acero cortando el aire, el sonido de la muerte, que lo estaba buscando. Sintió el peso de la pierna de Catarina sobre su pecho y volvió a contemplar la escena que lo había sosegado antes de dormir. Ahora se sentía más inquieto; su cuerpo sudaba y un frío tembloroso le atacaba los huesos. Tuvo miedo: en ese momento la piel de Catarina se sentía más caliente y ella, en medio de un sueño agitado, comenzaba a murmurar oraciones en un idioma desconocido.

Sin previo aviso, la tierra comenzó a sacudirse; del techo de la caverna se desprendieron algunos terrones que golpearon el piso.

El muchacho estaba a un palmo del vientre de Catarina cuando vio salir los restos del himen de la mujer envueltos por un destello capaz de iluminar los más profundos avernos. La luz se elevó en dirección a la salida de la cueva mientras otro resplandor hacía su entrada triunfal y volvía instalarse en el cuerpo de la santa, restaurando el sello virginal en la puerta del placer absoluto que Alberto Esteban había traspasado.

El pánico se apoderó del muchacho, quien se deslizó hacia un lado para liberarse del contacto con Catarina y, aún desnudo, buscó su espada como si ésta pudiera defenderlo de lo celestial. La santa despertó y se incorporó lentamente; del rostro sereno al igual que de la piel desnuda de su cuerpo se desprendían leves fluorescencias que se fueron disipando, al tiempo que la tierra volvía a su acostumbrada quietud. Alberto Esteban, con la toledana en mano, se puso en guardia, Catarina lo observó con cariño y un poco de lástima.

—¿Crees que ese metal puede servirte de algo? —comentó haciendo alarde de sus poderes—. Sosiégate, mi amado, pues esto será algo común para nosotros.

El muchacho no sabía qué hacer e intentó disipar la atención de Catarina dejando caer el acero y buscando algún trapo que lo cubriera. Se encontraba aturdido y pensaba que en la movilidad hallaría una explicación a lo ocurrido. No sabía cómo considerar lo que había presenciado, pero creyó entender el motivo por el cual Rolando Edmundo exigía total privacidad cuando se encontraba recluido con Catarina San Juan.

—No temas. Lo que has presenciado es un don; algo que me ha concedido el Todopoderoso —explicó Catarina con una sonrisa, mientras buscaba taparse con su traje de beguina. Al desdoblar la tela observó con espanto la mancha que le había dejado la sangre del caballo del Paisita, cayó de rodillas sin percatarse del extravío de su cruz de plata, dio inicio a un rezo en una mezcla de lenguas de Oriente, latín y castellano.

Alberto Esteban se apresuró, no quería demorar un minuto más en aquella cueva, pues había demasiadas preguntas por responder y su cabeza no hallaba reposo. Por una parte, el cansancio y los recuerdos que acumulaba en su piel no dejaban de confirmarle que el mundo real que habitaba tenía la forma de un péndulo cuyo recorrido oscilaba entre el dolor y el placer extremo. Por otra, las intervenciones de Catarina durante la curación de su herida, la derrota de su enemigo y la restauración de su virginidad rebasaban por mucho su entendimiento. Había ganado el respeto y el amor de una mujer grandiosa, pero se sentía pequeño, confundido y a una distancia enorme de llegar a ser un guerrero como Rolando Edmundo.

Se había desviado del Camino, el acto atentaba contra el honor de su señor y contra sí mismo. Todo lo aprendido en torno a las virtudes tutelares se esfumó ante una mujer que ahora le hablaba con la complicidad de una concubina. Al reconocer su error dejó de temer por unos segundos al acero del maestro; temió a su propia daga que aún reposaba sobre una piedra de la cueva y que lo tentaba con el suicidio para borrar la afrenta cometida a su amo.

Le había fallado a Rolando Edmundo y también a toda la compañía, pues era muy probable que muchos de los heridos de la emboscada de la noche anterior no soportasen las acechanzas de la muerte, antes de que Catarina llegara al cubil. Había perdido tiempo muy valioso y ahora lo lamentaba.

Alberto Esteban se preguntaba cuál sería la actitud de Catarina: si para ella esta súbita explosión amorosa no sería más que un escape eventual de aquella fortaleza mística. Si podría confiar en ella para que este desliz, como con inocencia infantil trataba de llamar a lo ocurrido, no llegase al conocimiento de Rolando Edmundo. Ocultarlo todo podría ser una salida, pero a su vez la aprensión que siente todo nuevo enamorado exhortaba a Alberto Esteban a mantenerse atado a ella para poner el pecho a cualquier adversidad.

La incertidumbre se volvió prisa. Vistió sus calzas en fracciones de segundo, recogió su camisa y capa de un salto y se ciñó su espada al cinto en menos de lo que un cristiano dice amén. Sólo titubeó por un instante al tomar su daga, la idea del suicidio volvía a rondarlo. Catarina seguía arrodillada con el torso desnudo: aún rezaba.

Alberto Esteban tomó un segundo de tiempo para recordar la cabalgata que los había llevado a ese lugar. La mula de la santa parecía tener alas. Él giraba constantemente su cuello para confirmar que Catarina lo seguía y cada vez que se volvía, parecía leer en su mirada un guiño nuevo. Sucedió algo inesperado. Tras varias leguas de avance ininterrumpido, Catarina le comentó al muchacho que su montura se hallaba en mal estado y que podía derribarla si continuaban a ese ritmo. Alberto Esteban ofreció llevarla en su caballo por un tramo para que el animal pudiese descansar. Extendió su brazo para subirla a la silla y de un jalón la hizo sentar a sus espaldas. El contacto físico con Catarina lo estremeció. Una cosa había sido levantarla inconsciente, subirla y atarla a una montura. Otra, muy distinta, sentir la tibieza de la mujer ceñida a su dorso. Espoleó con suavidad su caballo y le aflojó un poco la rienda para que trotase. Al inclinarse hacia atrás empujado por el arranque del alazán, Alberto Esteban sintió cómo Catarina se aferraba más a él, mientras bajaba las manos de los hombros y las hacía correr por debajo de sus axilas hasta posarlas sobre su pecho.

Como un niño al probar por primera vez un dulce, quiso aumentar el goce de su contacto. Entonces, con la intención clara de hacer que Catarina se sujetara con mayor fuerza, el joven azuzó al caballo con un golpe en los ijares y dio un grito seguido de un sonoro chiflido. La maniobra no fue prevista por la santa, quien se sacudió y tuvo que emplear la fuerza de sus brazos para evitar una caída.

Alberto Esteban sonrió al sentir aquel abrazo y pidió una disculpa, intentando esconder todo indicio de premeditación. Para él sólo se trataba de un juego inocente; nunca había cruzado por su mente la idea de seducir al objeto de veneración de su maestro.

Ante todo estaban la lealtad y la fidelidad. ¿No hacían ellas parte de las cinco virtudes? ¿No debía morir un samurái por su *daimyo* sin esperar nada a cambio? ¿No era ésta la base de toda sociedad civilizada, el camino para preservar el honor y el respeto?

Sin embargo, Alberto Esteban olvidó muy pronto el significado de aquellos conceptos cuando el rostro y la cabeza de Catarina se adosaron a su nuca y a su oreja como el retozo de un gato. El muchacho siguió cabalgando a galope tendido para huir de aquellas normas estrictas, de aquel camino que le había devuelto el respeto de los demás, sobre las cuales había fundado una nueva vida. Intentó concentrar su mente en sus deberes, mientras se hundía con lentitud en el embrujo de aquella Catarina fragante que susurraba ternuras. No pudo avanzar una legua más cuando ella comenzó a acariciarle el pecho y el mentón. Alberto Esteban no quiso pensar más, mucho menos darle espacio alguno a la duda. Buscó un lugar discreto para detener la marcha.

Así habían llegado a esa cueva de la que ahora quería escapar sin dilación. El joven se acercó a Catarina, que aún rezaba y la tomó de los hombros.

—Debemos irnos —le dijo—, nos esperan.

Catarina interrumpió la oración pero permaneció inmóvil unos segundos para disfrutar el nuevo contacto con las manos de Alberto Esteban. Se sentían un poco frías y ásperas, pero seguras y fieles. En esa posición terminó de vestirse a la carrera, mientras el muchacho se dirigía como un rayo a las monturas. Al salir de la cueva, Catarina lo vio serio, erguido sobre su caballo. Se detuvo para intentar cruzar alguna palabra. Alberto Esteban le señaló la mula para darle a entender que debía volver a montarla.

—Mi amo nos espera —fue todo lo que dijo.

Cabalgaron hacia el Cubil de Dragón bajo un cielo cargado de nubes oscuras que presagiaban la tormenta.

IX

Agosto, día diez del año de Nuestro Señor de 1694

Hasta hoy me ha sido imposible volver a consignar algunas líneas en la crónica de mis días. Tras evocar aquella noche, mis sentidos me han impedido sostener la pluma y deslizarla con la habilidad necesaria para volcar los sucesos ocurridos en la mansión de la familia Del Castillo y Altra en Puebla.

No me han faltado dificultades para vencer: el rector Alonso Ramos, tras descubrir la profanación de su templo herético, ha movido todos sus resortes en la congregación de los jesuitas en esta capital, de manera tal que no me he visto libre de su asedio ni un solo día.

Sus tretas son muchas; hombres con sotana o sin ella me persiguen por las calles de la ciudad cuando debo hacer mis averiguaciones; cartas anónimas buscan indisponerme con mis superiores y he visto vulnerada la seguridad de mi celda en varias ocasiones. Por fortuna, he sido lo suficientemente cauto como para esconder los artículos que sobrevivieron a la noche de mi huida, así como estos folios en los que escribo.

Tras mi azarosa llegada a la capital, hace ya tres meses y medio, tuve que clasificar los documentos que logré salvar adheridos a mi cuerpo, muchos de los cuales estaban escritos en una lengua desconocida.

Pensé que algunos amigos franciscanos, que cuentan con misiones evangelizadoras en tierras muy lejanas y son conocedores de muchas de las lenguas vernáculas, podrían darme alguna idea de su contenido. Según el más viejo de ellos, muchos de los pergaminos están escritos en una lengua de Oriente, al parecer chino o japonés.

La búsqueda de un traductor confiable me ha hecho recorrer hasta el último rincón del Parián, mercado tan conocido en esta ciudad por la variedad casi infinita de sus mercancías, como por la pésima calaña de las ratas que lo habitan.

Mis intentos por encontrar a alguien ajeno al clero que pudiera traducir los escritos que emergieron del escondite de Catarina San Juan, han sido hasta el momento infructuosos. La principal dificultad radica en que el contacto con la isla del Japón se encuentra, debido a las disposiciones de sus reyes, completamente interrumpido desde hace casi sesenta años. Son por todos conocidos los mártires que ganó la Santa Iglesia debido a las feroces persecuciones a evangelizadores y a conversos. Y, según me comentaron varios agentes del Galeón de Manila, tras haber extirpado de raíz nuestra religión de aquellas tierras, el comercio con la Nueva España, que se vio durante muchos años como algo muy promisorio, fue vedado en su totalidad y sólo se autoriza a un reducido grupo de comerciantes holandeses.

Quizás si los japoneses se hubieran acogido a la doctrina de Nuestro Señor Jesucristo, como muchos lo hicieron en un principio, sin optar por el camino del paganismo, hubiera sido más fácil encontrar a alguien que pudiera sacarme de este enigma.

Los marinos y aventureros con los que pude hablar en el Parián han manifestado poseer conocimientos de lenguas orientales, pero desean tanto dinero por sus servicios que me ha sido imposible llegar a un acuerdo. También me han relatado historias de destacados artesanos conversos japoneses que huyeron hace décadas de las ejecuciones públicas y se asentaron en los alrededores de Pátzcuaro, en la provincia de Michoacán. Al parecer, sus sucesores, de apellido González, aún trabajan en sus talleres de enconchados y lacas. Sin embargo, pienso que no debería dejar la ciudad, ya bastante tengo con mis asuntos en México y Puebla.

Es difícil saber de quién fiarse en esto de los idiomas, pues mientras los frailes, educados en la academia, buscan hacer lucir sus conocimientos, incluyendo opiniones o redactando fragmentos que no existen en los textos originales, los laicos pretenden saquear el bolsillo de su cliente sin asegurar un trabajo inteligible.

Otra alternativa de traducción podría ofrecerla la congregación de los agustinos, pues cuenta aún entre sus filas con algunos entusiastas seguidores de las lenguas de Oriente. Mi principal recelo con dicha orden es su corruptibilidad. No es un secreto para nadie en esta ciudad las prebendas y arreglos que han hecho en sus últimos capítulos a pesar de los buenos oficios de nuestro arzobispo Aguiar Seijas. Si alguno de los seguidores del rector Ramos se enterase de mi encargo en esa congregación, podría dar por sentado que perdería los manuscritos que logré salvar con tan arduos trabajos. El contenido de los mismos me intriga de tal manera que preferí no hablar de ellos a mis superiores. Les entregué únicamente escritos en castellano de la sicofanta Catarina. Guardé, por supuesto, una copia manuscrita para fundamentar mi pesquisa.

Mientras sigo en la búsqueda de un intérprete de tan rara escritura, debo ocuparme como calificador en un par de casos más, el de Antonia de Ochoa, una dama criolla que padece de arrobos y visiones que para mí no son más que juegos de su imaginación, y el de Juana de los Reyes. Este último ha causado revuelo en Querétaro, de donde nos han enviado a una muchacha que parece haber parido un hijo fruto de la posesión de un demonio llamado Mozambique. Además, debo remitir a una coyota, de nombre Josepha Ramos, conocida como *la Chuparratones*, que expende potajes demoniacos con peyote y la hierba *pipilzizintli* y a la que se le imputa facilitar a dicho ente oscuro la posesión carnal de la tal Juana. Y antes de terminarse mi vela suspendo en esta parte mi escrito.

Agosto, día once del año de Nuestro Señor de 1694

Por más que intente desviarme en mis actividades vuelvo a aquella noche y al recuerdo del lecho de Rosario del Castillo y Altra. Tras haber caído desde el tejado, me hallé en medio de su habitación con mi valioso cargamento de manuscritos y artículos heréticos. Estaba oscuro y sólo pude observar a una figura femenina, a juzgar por sus cabellos largos, que empujaba el dosel conmigo encima hacia la pared, con una fuerza que reñía con su género. La cama volvió al lugar que, asumo, debía de haber sido su ubicación original.

Yacía aún en medio de los cortinajes de damasco, enredado con las mangas de la cama, tan aturdido entre los regues y las zarazas, que hasta he olvidado qué palabras utilicé para disculparme por la irrupción y solicitar algún socorro, pues tenía claro que mi existencia estaba cerca de su fin.

La mujer, sin hacer ningún comentario, dio varios saltos hasta llegar a una de las ventanas, retiró las trancas y emitió una serie de silbidos que me hizo helar la sangre. Cuando recibió respuesta del exterior, la joven, a la que pude ver mejor al pasar frente a la cama, se dirigió hacia la puerta de la recámara. Decidí interrumpirla para aclarar que no debía temer por mi presencia, pues era un representante del Santo Oficio en peligro de muerte, perseguido, por causas que no podía explicarle, por los guardianes de su mansión. La doncella se detuvo y giró hacia mí; pude ver la piel blanca de su rostro y detallar su complexión robusta.

—Que no tema vuestra paternidad —musitó recogiendo un ropón de loés y arrojándolo sobre mí—. Ocúltese bajo esta manta y confíe en mí.

En lo que yo invocaba una nueva intercesión de nuestra Señora del Pilar, Rosario del Castillo y Altra dio otro silbido y saltó sobre el colchón para componer el dosel maltrecho. En el corredor se oían los pasos de las botas y las maldiciones de los soldados. Rosario pasó del colchón a la puerta, desatrancó y abrió de par en par.

—¡Ayudadme, el villano se escapa! —mintió señalando la ventana, fingiendo una desesperación tan creíble que nadie la puso en duda.

El cabecilla del grupo entró a la carrera, se asomó al huerto e impartió órdenes a toda prisa para que se continuara la persecución en el exterior. Tras la salida de sus hombres, intercambió con Rosario algunas palabras que me fueron imposibles de escuchar. El ruido de su marcha previo al cierre de la puerta, trajo de nuevo la calma a mi mente. Me felicitaba en mi escondite por no haber perdido ninguno de los artículos heréticos, cuando Rosario retiró el cobertor de mi cabeza.

Ya vista de cerca, se trataba de una muchacha enorme, ampulosa, podría pesar casi el doble que yo, lo que hacía su agilidad algo sorprendente. Ella me observó con su cara de ojos hundidos entre la masa de carnes, recalcados por dos mejillas rechonchas y amables; yo seguía acurrucado en la cama como si fuera un niño pequeño esperando el regaño de su madre.

—Sor Andrea envió un recado esta tarde avisándome de vuestra incursión nocturna. Aunque, créame vuestra paternidad que no esperaba una irrupción de esta naturaleza...

El lecho de madera volvió a crujir por su peso sobre el colchón. Estoy seguro de que en una situación tan comprometida san Juan Bueno se habría clavado espinas en sus uñas, incluyendo las de los pies, o san Macario habría achicharrado sus manos en el fuego hasta verlas convertidas en cenizas, pero yo no sabía qué hacer. Rosario comenzó a acariciarme las piernas hasta dar con la punta del cuerno que había sustraído del escondite de la hereje. Creo que la pobre debió de haber malinterpretado la firmeza de aquel instrumento colgado cerca de mi vientre, porque al manipularlo se llenó de tal ímpetu que, sin previo aviso, me alzó como a un pelele y me acostó a lo ancho del lecho.

Como el estupor me impedía actuar, me despojó en segundos de mis vestidos y de los pergaminos que volaron por los aires, hasta que la doncella deslizó su cuerpo descomunal, muy a su agrado, por toda mi anatomía. Muy pronto empezó a bullirme la sangre y creo haber sido presa de una conmoción de la cual no guardo memoria alguna.

Bueno, para ser fiel a la verdad, me acuso de haber sido débil... todo por acometer una causa superior a mis fuerzas físicas y espirituales; por querer desenmascarar al enemigo de Nuestro Señor, escondido bajo los blancos hábitos de Catarina San Juan.

No podría dar cuenta de los minutos o quizás horas durante los que padecí los embates amorosos de Rosario del Castillo y Altra; sólo sé que el canto de las aves que anuncian la inaplazable llegada del alba me hizo volver en mí. Contra mis deseos, Rosario dormitaba junto a mí con todas sus carnosidades al descubierto. Al observarla no conocí temor, ni estupor alguno, sino una nueva fuerza había nacido en mi interior y que, tenía certeza de ello, no obedecía a ningún demonio o espíritu maligno. Lo que me llevó a tenderme sobre ella y hacerla varias veces dueña de mí, obedecía a una ley superior y celestial, equiparable a la estrechez y amor de los casados.

Retomando el control, me levanté del lecho. La habitación se hallaba tapizada por los folios de Catarina, así que con gran premura me di a la tarea de recogerlos junto con mi ropa. Me vestí y luego empaqué mi precioso cargamento dentro de la funda de un cojín. Me asomé con discreción por la ventana: no había un alma en el huerto. Como no sabía nada de la suerte de Juvenal, ni mucho menos cómo salir de aquel lugar sin ser visto, decidí, contra todo pudor, pedir ayuda a mi protectora. Por fortuna, se mostró muy solícita y, tras ataviarse con un traje de hombre que ocultaba en un arca, se ofreció a llevarme a las cuadras donde debía de estar confinado mi ayudante. No sin antes someterme a una serie de arrumacos y zalamerías que retardaron nuestra salida.

Bajamos por la escalera principal: la de servicio era territorio de las cocineras y aguadoras que se habían levantado ya. El resto de la servidumbre dormía, por lo que fue fácil entrar a las caballerizas y liberar a Juvenal, a quien habían magullado de tal manera que apenas si podía andar. Su rostro me recordó la efigie del Nazareno impresa en la tela de Verónica. Rosario lo levantó con soltura y lo llevó apoyado en su hombro hasta recostarlo contra uno de los abrevaderos como si fuese la Virgen de la Piedad, un poco salida de formas, pero con la misma clemencia de la Madre del Cristo.

Después, rascó algo en el suelo y una losa del empedrado saltó dejando al descubierto un pasadizo subterráneo. Junto a la oquedad se encontraba una linterna que Rosario sacó, encendió y me la entregó comentando que debíamos seguir el curso del túnel hasta emerger en un descampado a las afueras de la ciudad. Ella llevaría nuestros caballos hasta allí para que pudiéramos escapar cuanto antes. Temía la furia de su padre, quien se encontraba en una de sus encomiendas de la sierra, pero que podía ser informado por su hombre más cercano, el alférez Riaño, aquel con quien la había oído hablar desde mi escondite.

Mientras intentaba ayudar a mi amigo para que entrara en el agujero, Rosario se acercó a mí y me besó con esa rapidez tan suya, para luego salir del recinto en búsqueda de nuestras monturas. Al tomarme tan desprevenido no pude evitar soltar a Juvenal, quien volvió a caer sobre las piedras de la cuadra como un bulto de olotes. El pobre exhaló un quejido y quedó desvanecido junto a la pila.

Unos segundos después, cuando traté de incorporarlo, me pidió un poco de agua. Al verlo tan maltrecho, comprendí que quizás ese trago de agua podía ser el último de su vida, así que busqué sin éxito un cuenco para sustraerla del abrevadero. Recordé que disponía del cuerno de Catarina San Juan y lo usé para refrescar a mi amigo. Una vez que hubo bebido casi todo el líquido del recipiente, lo apoyé contra mí con todas mis fuerzas para internarnos luego en la penumbra del pasadizo. Forcejeé un rato hasta que logré meterlo arrastrado a veces y a empujones otras. Quedó sentado a unas varas de la abertura, que logré cerrar con mucha suerte, pues Rosario no me indicó cuál era el mecanismo correspondiente. Al regresar al punto donde había recostado a mi acompañante fui testigo de un gran prodigio.

Su rostro no presentaba herida alguna y ahora se encontraba de pie, erguido, revisando sus ropas. Él mismo no daba crédito a lo que había pasado: sus brazos, piernas y tórax no presentaban laceración alguna. La piel de su cara se encontraba tal y como la había visto al salir la noche anterior de mi celda en el Claustro de Santo Domingo. La milagrosa curación de Juvenal me llenó de ánimo, pues confirmé que mi causa seguía amparada por misericordia del Altísimo.

Iniciamos el recorrido bajo tierra a través de galerías de muy diverso tamaño. Existía al parecer un solo camino principal que partía del templo de la Compañía, al que se unía la vía de escape de la casa de la familia Del Castillo y Altra. Llamaba poderosamente la atención la longitud del corredor, que debía de llegar con facilidad a las dos leguas. Seguramente fue construido a lo largo de muchos años desde la misma fundación de la ciudad. El camino ascendía o descendía, a veces ensanchándose hasta alcanzar las tres varas o volviéndose tan angosto que apenas permitía el paso de un hombre en cuatro patas y sin sombrero (razón por la cual deduzco por qué Rosario no quiso acompañarnos).

Juvenal portaba la linterna y caminaba adelante. Yo desconocía el lugar exacto en donde debíamos salir, pero Juvenal comentó algo de desplazarse hacia el poniente por los conductos que unían la Catedral de Puebla con el Convento de San Agustín y la iglesia de Santo Javier, para seguir luego hacia el cerro de San Juan o Centepec en las afueras de la ciudad. Incluso dudó si antes debíamos buscar ayuda adicional en Santo Domingo, donde me hallaba alojado, pues también el claustro estaba conectado con esta red subterránea que alcanza los cerros de Belem y Loreto en el costado norte de Puebla. Sin embargo, decidimos avanzar cuanto antes hacia el Centepec, donde Rosario nos estaría esperando con las monturas.

Yo estaba tan agobiado por la cantidad de paredes a mi alrededor que era incapaz de distinguir el norte del sur. Bastante tenía con seguir los pasos de Juvenal sin separarme de la funda que cargaba sobre mis hombros. En vano intentaba planear las actividades que debía realizar al llegar a México. En vano trataba de desligarme de lo sucedido en la habitación de Rosario.

Tras un par de horas de camino comenzamos a ascender sin pausa hasta llegar a un techo rocoso que, con gran dificultad y gracias a las fuerzas renovadas de Juvenal, pudimos retirar. Del otro lado nos esperaba Rosario con dos caballos aparejados para continuar la huida. Su cara surcada por un grave gesto de preocupación e iluminada por la luz de la hora tercia me recordó algunos cuadros de los pintores de Flandes. El ceño fruncido, las mejillas abultadas y rubicundas concordaban con los retratos de las Gracias o de las alegres mujeres de los comerciantes flamencos.

Tanto desasosiego por mi persona me conmovió de tal manera que no supe si las lágrimas que emergían de mis ojos se debían al nuevo contacto con la luz solar o a la ternura que me inspiraba aquella muchacha valiente, mofletuda y cariñosa como nunca antes había conocido.

—Vuestra paternidad debe apurarse para partir cuanto antes —me comentó en tono tan urgido que no encontré palabras para responderle—. La cólera del padre Ramos se ha desatado y todos sus seguidores os buscarán hasta debajo de las piedras. Juvenal sabe muy bien a qué me refiero.

Y sin haber terminado de decir esto, mi compañero ya se hallaba sobre la montura. Rosario, al verlo con tan buen aspecto, preguntó qué había sucedido. Yo comenté que podía ser un efecto milagroso de los túneles, pero Juvenal replicó con soltura que en la funda del cojín se encontraba el cuerno de unicornio milagroso de Catarina San Juan.

—Veo que lo habéis encontrado antes que el rector —apuntó Rosario observando el cargamento empaquetado en la funda que yo abrazaba en ese momento—, quien lo ha buscado durante meses. Si habéis sustraído más bienes del oratorio, será mejor que los dejéis aquí o no podré responder por vuestra seguridad hasta que lleguéis a México.

Mi respuesta sorprendió a Rosario, pues me negué rotundamente a entregarle lo que con tantos esfuerzos había logrado obtener y, entre muchas razones, aduje que ello sería exponerla en demasía a las represalias del padre Ramos. Además, yo debía presentarlos ante el Tribunal de la Inquisición, para que acabara el culto demoniaco hacia la San Juan y dar por terminadas así todas las maquinaciones y abusos de su hagiógrafo blasfemo.

Al respecto discutimos durante un lapso que bien pudo haber abarcado el rezo de varios misterios. Por la conversación pude deducir que, si bien Rosario no era una seguidora fanática de la canonización de la china bozal, por lo menos le profesaba un gran respeto, pues la había conocido desde muy chica y había sido testigo de sus últimos años. En aquellos días, Catarina, semiciega, casi paralítica y aún con arranques furibundos de ascetismo, que bien pudieron llevarla a la tumba, seguía aferrada a sus rezos y disciplinas sin hacerle mal a nadie.

El padre de Rosario, el capitán Del Castillo y Altra, en cambio, defendía a capa y espada la causa de Catarina, sin dudar en comprometer tanto las arcas como el linaje de su familia. Él había apoyado a Ramos en la redacción de los *Prodigios* y gracias a su colaboración, aquel oratorio precario pero eficaz permanecía abierto a la creciente feligresía. Con gran dolor tuve que explicarle a Rosario lo delicada que podía ser la situación de su padre ante el Santo Oficio y lo importante que sería para su causa la ayuda que me había brindado al dejarme escapar.

Juvenal, al ver que la discusión se alargaba sin llegar a buen término, optó por alejarse sobre su montura hacia un promontorio donde podía vigilar el camino a México y los alrededores.

Rosario comenzó a llorar rogándome que le entregara los artículos de Catarina. Yo prometí por la mismísima Santa Iglesia y por todos los santos que haría los esfuerzos posibles por protegerla a ella y a su familia. No había terminado de decir esto cuando la sentí aferrada a mí y al intentar tranquilizarla, nos dimos un beso en la boca, de cuya memoria aún no logro desprenderme, pues sentí como todo mi ser se unía a esa hermosa dama sin importarme que en aquel descampado cualquier persona, incluyendo a Juvenal, pudiera vernos.

—Os confío por completo mi vida, honra y bienes —susurró Rosario, sin abrir los ojos, en el momento de separarnos y cuando Juvenal anunciaba a gritos la proximidad de hombres a caballo. Yo, sin reponerme del compromiso que acababa de echarme a cuestas, subí al animal que ella había dispuesto para mí y galopé para poder acercarme a Juvenal que indicaba la ruta hacia México.

Agosto, día diecisiete del año de Nuestro Señor de 1694

Es una pena no haber alcanzado a terminar mi crónica la semana anterior; las velas que me ha surtido el hermano lego son de tan mala calidad y poca duración que no alcanzo a escribir más de siete u ocho fojas por unidad. A esto se ha unido el tiempo que he debido dedicar a la búsqueda de traductores y al caso de Antonia de Ochoa, una pobre muchacha que comenzó un día a dar voces y hacer gracias como si estuviera en éxtasis místico o poseída por algún demonio. Sus raptos y arrobos la tornaron a las pocas semanas en una atracción para los vecinos. Todo habría terminado en este punto como una broma o una niñería (aunque todos sabemos el pecado en el que incurren aquellos que se burlan de lo Divino), pero pronto esta Antonia se adueñó de su papel hasta convencerse de dicha posesión y, de tanto representarla, espantó a varias de las cabezas de familias principales, quienes no dudaron un ápice en presentar su caso ante nuestro Tribunal. Después de haber conversado con ella en varios interrogatorios (para los que omití el uso de la tortura, pues siento aversión por el dolor humano y los lamentos) pude llegar a la conclusión de que no existe más posesión que los fingimientos de la pobre muchacha, quien a pesar de haberlo admitido y dejarlo asentado en las actas, no ha logrado meter en razón a sus acusadores.

De nada me ha servido leerle y releerle *Malleus Maleficarum* y el *Flagellum Daemonum* frente a los escandalizados vecinos, la comunidad está tan convencida de la culpabilidad de Antonia que sólo se contentarán con verla arder en una pira. En este momento se estudia confinarla por un buen tiempo en las mazmorras del Santo Oficio, esperando con ello que se acalle el clamor popular. Así pues terminará la historia de una pobre niña insegura y asustadiza que quiso jugar con lo sagrado y despertó de tal manera los temores de sus allegados que ahora pagará, con justicia, por ello. Dios le permita salvarse del fuego eterno, que es en última instancia a lo que todos debemos temer.

Otro caso más aterrador y de mayor complejidad en comparación con el de Antonia de Jesús, es el de una jovencita criolla de Querétaro, ciudad ubicada sobre la ruta que comunica con las minas de plata del norte. Por indicaciones de los padres apostólicos de la Propaganda Fide, adeptos a la Orden de San Francisco, se nos ha remitido junto con un bebé que según cuentan ha parido fruto de una posesión demoniaca. La muchacha, llamada Juana de los Reyes, al parecer fue víctima de los bebedizos y mejunjes que le ha suministrado una coyota de la zona, cuyo nombre he olvidado, pero a quien todos llaman la Chuparratones.

Se me ha solicitado revisar la documentación y los autos que están asentados en los registros; se ha vertido mucha tinta en cartas y averiguaciones entre México y Querétaro, lo cual me ha impedido cruzar palabra con las acusadas. He tenido suerte, pues dicen mis colegas que la Chuparratones parece haber emergido del mismísimo infierno, carece de respeto alguno por las jerarquías eclesiásticas (en especial por los padres apostólicos), lo cual sin duda se deriva de las acusaciones que éstos han presentado al Tribunal. La hechicera, además, no tiene temor alguno a Dios y ha osado incluso a desafiar a sus acusadores y jueces con un juicio ultraterrenal en caso de ser declarada culpable y sacrificada en la hoguera para la salvación de su alma.

Sobre este tipo juicios ultraterrenales he escuchado historias escalofriantes y nadie en el Santo Oficio los toma a la ligera, pues quienes los invocan suelen poseer poderes que rebasan nuestro entendimiento. En muchos de los casos, el sentenciado emplaza a sus acusadores para comparecer ante un juez, ya sea Dios o el Demonio, que les hará verdadera justicia en la otra vida. En innumerables ocasiones, el emplazado y sus allegados sufren una serie de desgracias durante el lapso transcurrido entre la ejecución del reo y el fin del emplazamiento, que usualmente comprende treinta días. Sobre la realización efectiva de tal juicio en el Más Allá no tenemos certeza alguna; como ministro de Dios, soy consciente de que el único juicio que debe preocuparnos es aquel que ha de realizarse al Final de los Tiempos, como lo ha anticipado el apóstol san Juan.

En mi caso temo que la cercanía que se ha ido estrechando entre Rosario del Castillo y Altra y yo llegue a ser mi perdición; sus cartas son testimonio de la devoción que siente por mí y de la ardiente pasión de sus sentimientos, asunto que no cesa de conmoverme y, para ser del todo sincero, correspondo con mis misivas.

Mi buen amigo Juvenal, a quien debo la vida por salvarme del acoso de los secuaces de Ramos, se ha convertido en nuestro cartero y en el único confidente de nuestros afectos. Gracias a él también pude recuperar mi diario del Claustro de Santo Domingo y varios de los efectos personales que dejé en mi celda y que lograron salvarse de las inmisericordes requisas llevadas a cabo por los esbirros del rector.

Antes de que la vela tambaleante se extinga, haré lo posible por dejar escritos algunos detalles de nuestra huida aquella mañana del

...Rosario dormitaba junto a mí con todas sus carnosidades al descubierto.

23 de abril, que parece lejano aunque hayan transcurrido apenas cuatro meses.

Juvenal y yo habíamos escapado de la casa de la familia Del Castillo y Altra por los pasadizos subterráneos que atraviesan Puebla con la ayuda de Rosario, quien nos esperaba a la salida del túnel, donde vimos acercarse a un grupo de jinetes que iba en nuestra búsqueda. Mientras nos encaminábamos a galope tendido descendiendo por el cerro del Centepec, pudimos observar cómo nuestros persecutores se detuvieron a instancias de mi amada, pues la cuadrilla la formaban trabajadores y hombres afines a su padre, conocidos por ella desde su infancia. Según me relató en una carta, Rosario les mencionó mi pertenencia al ministerio sacerdotal y, en especial, al Santo Oficio, lo cual disuadió a casi todos, pues se trataba de mestizos y criollos (quizás otra suerte habría corrido mi vida de haber sido perseguido por indios o negros, sobre los cuales nuestro tribunal no tiene poder alguno). Hubo sólo una excepción, el alférez Riaño, quien cuestionó la autoridad de Rosario, mas no pudo persuadir al resto de su gente y decidió continuar solo en pos de nuestras cabalgaduras. Los tres o cuatro credos que tardó la intervención de Rosario nos permitieron llegar al plano y cruzar el puente sobre el Atoyac con cierta ventaja. Sin embargo, el alférez poseía una montura muy veloz y tras un par de leguas logró darnos alcance, pues aunque Juvenal avanzaba como un centauro, yo tenía problemas por mantenerme a su ritmo y me fui atrasando.

Riaño me embistió primero por detrás tratando de hacerme caer del caballo. Yo forcejeé con él y me aferré a mi animal como pude, sin perder la montura a pesar de los jalones y puñetazos que nos propinábamos en plena carrera. Por suerte, mi contrincante no reparó en la funda de cojín que había atado al fuste de mi silla y se concentró en el cuerpo a cuerpo.

La Providencia y la Virgen del Pilar volvieron en mi ayuda. Durante uno de los encontronazos, el alférez jaló de mi sombrero para impedirme ver el camino. Yo, que hasta entonces había olvidado que en él había ocultado las misteriosas cápsulas de vidrio halladas en el oratorio, observé con asombro la manera en que la mano benefactora de Nuestra Señora hizo que éstas volasen por los aires y se estrellaran una sobre la cerviz del caballo de mi rival y otra sobre sus ropas.

Espantados por el humo y el fuego que brotó de las pequeñas armas, el caballo se desbocó y el alférez se arrojó al piso para apagar algunas llamaradas que desprendían sus ropas. Hice el esfuerzo por continuar la huida y reunirme con Juvenal, quien había regresado hacia mí con la toledana en alto para defenderme. Juntos contemplamos al alférez, que se revolcaba en el suelo. Lo observamos hasta que su cuerpo se paralizó, convertido en una antorcha que no cesó de incendiarse hasta que reemprendimos el camino hacia México.

El trayecto hasta esta ciudad fue lento. Juvenal sabía que la muerte de Riaño desataría la furia vengativa del rector Ramos y exigió que fuéramos más cautos. A partir de entonces, evitamos el camino principal y avanzamos a través de descampados. No pisamos ninguna venta o posada; algunas cavernas sobre la ruta nos dieron abrigo y nos alimentamos de pequeños animales, similares a las liebres, que cazábamos con mucho esfuerzo. El camino, que normalmente se realiza en tres jornadas, lo cubrimos escondiéndonos durante casi diez días. A mi llegada al tribunal, el inquisidor y los comisarios habían recibido tal cantidad de correos y noticias sobre mi desaparición y muerte, que me tomaron al principio como un alma en pena.

Desde entonces mi lucha no ha cesado para poder cumplir con la promesa que hice a Rosario en el instante antes de partir. Sus palabras de amor me han ayudado a librar las acechanzas que todavía se urden contra mí, aunque también es cierto que cada vez he ido ganando la confianza de mis superiores y percibo un mayor respeto por mi trabajo y mi persona.

Antes de quedarme sin luz…

X

Rolando Edmundo asaltante, dos años antes hacia 1632

Camino de tropezones
es la vida donde estamos
y si en él nos descuidamos
nos roban fieros ladrones
las riquezas que llevamos.
FERNÁN GONZÁLEZ DE ESLAVA

En el cerro se escucharon las primeras descargas. Rolando Edmundo aprovechó la distracción de los centinelas para entrar a la casa principal por una de las ventanas. Alberto Esteban, que lo acompañaba en este asalto, se quedó agazapado sobre el techo al distraerse, como todos, con el eco reverberante de los arcabuces. Cuando intentó seguir a su señor, la salida de don Fernando de Cebrián por un balcón adyacente a la ventana le impidió seguir el mismo camino del prófugo más buscado de la Nueva España.

Don Fernando de Cebrián, conocido por sus pocos amigos y numerosos enemigos como el marqués de la Flota, recibió la luz del exterior con la mala leche que lo caracterizaba, mientras hacía esfuerzos por divisar algún indicio de la lucha.

—Debe de ser el coche con la remesa del trigo —le gritó uno de los custodios de la puerta de la hacienda.

—¡Rápido, todos los que puedan montar y pelear a las armas! —ordenó el marqués como un trueno.

Sus palabras se fueron repitiendo a voces dentro de los muros de la Hacienda de Veraguas, una de las más preciadas posesiones del marqués, que con sus dos mil fanegadas de tierras cultivables proveía de trigo a la Puebla de los Ángeles.

Don Fernando de Cebrián, sin perder de vista el desfiladero de donde se veían alzar discretas volutas de humo, ciñó su espada y maldijo al chino Rolando Edmundo y a su banda de renegados por volver a intentar robarle en su cara, pues el carro no debía distar de la mansión más de dos leguas.

Sin salir del balcón y sin sospechar siquiera que Alberto Esteban se encontraba a pocos metros, el marqués daba voces a los mozos de caballeriza para que ensillaran todos los animales disponibles. Antes de salir, molesto por el caos reinante en el patio, con hombres mal armados que corrían de un lado al otro, preguntó al jefe de los guardias:

—¿Dónde están mis hijos?

—Don Álvaro anda por los campos desde la mañana y don Fernán debe hallarse aún holgando en su estancia... —le respondió el mercenario en medio de la confusión.

—¡A las armas! —exclamó el joven Álvaro tras escuchar cómo la descarga retumbaba aún en el cerro.

Varios de los indios que lo acompañaban empuñaron sus herramientas de labranza y vinieron hacia él, un mocetón con los bríos de un potro cerrero. Al marqués sólo podían contársele con certeza siete retoños legítimos y Álvaro, además de ser uno de los menores, era su favorito, pues le había heredado la determinación para las empresas y el don de mando. Eso sin mencionar el gusto por ajustar cuentas con su propia mano. El joven, al comprender la táctica de asalto de la caravana, pensó que aquel era lugar idóneo para saldar deudas pendientes.

—¡Síganme, vamos por esos bandidos! —puntualizó enfilando en su caballo hacia la calzada que unía la hacienda con el camino real que llevaba del puerto de la Vera Cruz a Puebla; era la ruta que debían recorrer las carretas.

Su capataz, que era el único de los presentes que disponía de montura, se encaramó a un tiempo en su mula. Los demás indios corrieron tras ellos para no ceder terreno al galope de las bestias.

—¡Fuego! —fue la última palabra del conductor de la primera carreta antes de que una flecha chichimeca le atravesara el cuello de extremo a extremo. Sabía que la descarga de los arcabuces, aumentada por el eco del cerro, alertaría a todos a varias leguas de distancia, pero no esperaba caer muerto y en tierra a manos de un indio jonaz como Oyan-mol, lugarteniente de la Banda de las Cinco Bienaventuranzas.

De los seis arcabuceros que defendían la primera carreta tres habían caído, los demás aguantaban las andanadas cobijados por el maderamen del vehículo. Por lo estrecho del paso, era imposible que las otras dos carretas girasen para escapar, por lo cual buscaron apoyar a la primera disparando a las peñas de donde partían los proyectiles. Ninguno se atrevía avanzar hacia los indios, temiendo la ya conocida potencia de sus arcos, capaces de atravesar armaduras, como lo habían demostrado durante décadas en la frontera norte. La caravana se había resignado tácitamente a aguantar el asalto hasta recibir los refuerzos de la hacienda. Por lo menos así fue, hasta que se escucharon detonaciones en la retaguardia.

La estancia de Fernán, el hijo mayor del marqués era un santuario de fornicación y saber literario, dos elementos que a su juicio estaban relacionados de manera íntima. En los estantes que rodeaban la habitación había obras editadas en América y Europa sin importar si eran libros incluidos en el *Index Librorum Prohibitorum et Expurgatorum*. Junto a un tratado de minería del zacatecano Juan de Oñate estaban el *Sidereus Nuncius* de Galileo y la *Alchemia* de Andreas Libavius, estos últimos, libros salvados de las hogueras de la Inquisición gracias a la afición de Fernán.

El siguiente mueble en importancia, la cama, parecía un mullido altar con baldaquín extraído de Sodoma o Gomorra. Ahí, Fernán realizaba todo tipo de sacrificios a los dioses de la carne. A pesar de rondar los treinta años, disfrutaba de una figura esbelta, juvenil, coronada por una cabellera ensortijada de color rubio que cautivaba por igual a indias, criollas y españolas, sin mencionar, dicho sea de paso, a algunos de sus esposos. La vida licenciosa de Fernán era celebrada por el marqués; su hijo le dedicaba las reseñas de sus aventuras en verso, con las cuales amenizaba las tardes calurosas en la Hacienda de Veraguas.

El marqués, como todo hombre práctico, sabía que su Fernán no había nacido para los negocios, ni para la guerra, y lo aceptaba, delegando en sus demás hijos, principalmente en Álvaro, las responsabilidades de la minería, el comercio y la agricultura. Además, financiaba con generosidad la afición literaria de Fernán. En alguna ocasión desembolsó cientos de escudos por la compra clandestina de un ejemplar del *Stultitiae Laus*, de Erasmo de Rotterdam, en la edición de Froben con los dibujos de Holbein el Viejo. El libro en cuestión llegó escondido entre toneles de vino y se convirtió en la joya de la biblioteca de Fernán. El marqués respetaba a tal grado la independencia de su hijo que no se atrevía a interrumpirlo cuando éste se encerraba en su recámara a escribir o a buscar el material para sus creaciones.

Y fue por una de las ventanas de aquel Parnaso por donde entró Rolando Edmundo en medio de la confusión.

—Permaneced callado y os respetaré la vida —aconsejó el forajido apoyando con suavidad el filo de su *katana* sobre el cuello de Fernán, cuando éste apenas había abierto los ojos. El hijo del marqués sabía que la advertencia no se repetiría y que su vida pendía de aquel brazo enfundado en seda negra. A las imprecaciones del marqués, quien lo llamaba desde la habitación contigua desesperado por el caos que reinaba en el patio, Fernán respondió que estaba armándose y que pronto estaría en condiciones de combatir. Los pasos que se oían avanzar hacia la estancia se detuvieron para luego alejarse y convertirse en un repique de espuelas sobre las losas de la escalera que comunicaba con la planta baja.

Alberto Esteban aprovechó la ausencia del marqués para entrar por la ventana, igual que lo había hecho su señor minutos antes. Vio cómo Fernán arrodillado, con aquel filo que no se despegaba de su cuello, sollozaba quedamente por su vida. Sin esperar señal alguna de Rolando Edmundo, el joven aprendiz cruzó la habitación y entornó la puerta que comunicaba con el solar interior para asegurarse de que el primer piso de la mansión estuviera despejado.

—Apresúrate, muchacho, y no te distraigas —le reclamó Rolando Edmundo, controlando el deseo de cercenar la garganta de Fernán.

—¡Vamos a cortarles la retirada a estos bellacos! —explicó Álvaro al capataz, quien apenas podía creer que iba a enfrentar a la banda de Rolando Edmundo con una daga, un garrote y tres tortillas con chile bajadas con atole en el estómago.

—Mi señor —replicó el capataz—, eso es un suicidio, no tenemos los hombres ni las armas para siquiera resistir el combate. No olvide lo que le pasó la última vez que luchó contra ese chino. Quiera Dios que le perdone la vida de nuevo...

—¡A callar, cobarde!

—Perdone vuesausted, pero lo mejor es unirse a la gente de la casa. Mire, ya galopan a la barranca —comentó el capataz indicando con el brazo la lejana polvareda levantada por los cascos de los caballos.

—¡Fuego! —ordenó Albérigo Ojeda, un mestizo reclutado por la banda de Rolando Edmundo en la minas de Zacatecas, quien gracias a su habilidad con la pólvora comandaba la artillería de la banda, compuesta en su mayoría por mulatos. En pocos minutos cesó la resistencia de la caravana. Los arcabuceros de Albérigo, con la ayuda de los hombres de Oyan-mol, tendieron a los pocos sobrevivientes de la hueste del marqués sobre el camino frente a la primera carreta. A una legua de distancia, se observaba el polvo que levantaban los jinetes provenientes de la hacienda que entrarían en combate. Coordinados con perfección, quince jonaces y arcabuceros tomaron posiciones en la entrada de la barranca. Albérigo coordinaba el reenganche y retiro de la caravana, mientras el jefe indio, soplando un caracol, daba instrucciones a la reserva que le aguardaba en lo alto del cerro.

—Ahora no, Domingo —respondió de mala gana Catarina San Juan al hombre que intentaba entrar en la habitación de su casa en el barrio de San Sebastián el Alto que fungía como oratorio. Domingo Suárez golpeó la puerta y maldijo varias veces, tantas como se santiguó Catarina frente a su altar. Luego, acostumbrado a la indiferencia de la joven, dio un último puntapié a la madera y se marchó a buscar refugio en los garrafones de chinguirito.

Catarina cerró los ojos y tras una profunda inhalación transportó su mente hacia la maniobra que en esos momentos estaría realizando Rolando Edmundo en la Hacienda de Veraguas.

—¡Albérigo, hombres hacia la ruta de escape! —comunicó Oyan-mol, mientras traducía las señales que recibía desde la cima—, dos montados, siete a pie y sin armas…

En ese momento partían las carretas para separarse por diversos senderos y confluir en unas semanas cerca de los breñales de la Sierra Norte. Albérigo contuvo su caballo y regresó algunos pasos hacia la punta de la barranca que controlaba el jonaz. El tiempo era un factor esencial en la maniobra que realizaban y por ello debería aniquilar cualquier resistencia que intentara cortarle la ruta a las carretas. Aguardó por unos segundos nuevas indicaciones de Oyan-mol mientras observaba de soslayo la salida de la caravana del estrecho.

Nuevas señales llegaron de los vigías del cerro. Oyan-mol, con la calma del guerrero experimentado que se prepara para reanudar el combate, gritó de nuevo a Albérigo.

—Tú tienes la suerte y ellos el miedo, amigo. Ese grupo ha cambiado el rumbo, vendrán con los demás.

La suerte no existe, pensó Albérigo. Se alegraba de no tener que masacrar al grupo que, con una audacia rayana en la locura, quiso cortarle la retirada y, dirigiéndose al defensor del acantilado, exclamó a modo de despedida:

—¡Que san Miguel gobierne tu arco! ¡Nos veremos en diez días!

El indio levantó su arma y antes de volverse hacia los jinetes cada vez más cercanos, gritó:

—¡Sé fuerte!

Albérigo espoleó su caballo, debía cumplir su segunda misión; transportar aquellas carretas y su valioso cargamento sin caer en manos de los esbirros del marqués hasta reencontrarse con el resto de la banda y su líder en el escondite de Zacatlán.

—¡Maldita sea, Fernán! —se quejó el marqués a caballo frente a la puerta de la mansión—. Todos han partido y sólo yo me he quedado a esperarte. Creo que es buen momento para sacarte de los cojones.

—Creo que es un buen momento para desmontar, don Fernando —respondió Rolando Edmundo, saliendo por la puerta principal de la casa, mientras empujaba a Fernán sin retirarle su espada de la yugular.

El hacendado sacó una de sus pistolas y, sin importarle el peligro que podía correr su hijo, intentó apuntarle al bandido. Rolando Edmundo, como si lo hubiera previsto, lanzó su *washisaki* y con el mango golpeó la frente del marqués. Tronó un disparo.

—¡Atrás, inmundo, cede ante el Creador! —gimió Catarina en su visión, al ver venir la bala impulsada por los demonios de Bael. Con ágiles contorsiones de sus manos separó a los seres que la acompañaban y la desvió de su trayectoria original para evitar que tocara a Rolando Edmundo. Sin embargo, en ese momento no pudo observar que ésta había cobrado otra vida en virtud de su intervención.

Antes de caer desmayada recitó el versículo: *Confían en los carros, porque son numerosos y en los jinetes, porque son fuertes, sin mirar al Santo de Israel ni consultar al Señor. Pues Él también es hábil para traer desgracias y no ha revocado su palabra.*

Fernán cayó al suelo con el holán de la camisa ensangrentado, atravesado por la bala que había desviado Catarina. Al oír el estallido junto a su oreja, el caballo del marqués se encabritó y arrojó al piso al aturdido enemigo, que cayó entre un nubarrón de polvo.

Rolando Edmundo se paró frente al cuerpo tendido del marqués, le tentó la barbilla con su hierro y le preguntó mientras éste reaccionaba:

—¿Dónde están los cuños?

Al unirse a los demás jinetes de la hacienda que galopaban hacia la barranca, Álvaro sintió un estremecimiento. Su padre aún no se integraba al combate y tampoco su hermano Fernán estaba con ellos. Giró su caballo y se dirigió a la casa principal.

—¿Hacia dónde se dirige vuesasted ahora que vamos a dar batalla? —le preguntó el capataz, quien también se había separado del grupo para seguirlo.

El joven no respondió, sabía que era un secreto para todos la verdadera carga de las carretas, además de la presencia en la hacienda de los cuños reales, los cuales permitirían al marqués fundir monedas de plata con la efigie del emperador. Dineros de curso legal para su uso personal en la feria de Puebla y en el comercio ilegal con el Perú.

Lo que Álvaro no sospechaba era que su capataz, así como varios de los sirvientes de la casa, prestaba sus servicios como informante a Rolando Edmundo y que por eso quería evitar su regreso a la casa.

—Traigan, vasallos, tributo al Temible: él deja sin aliento a los príncipes y es terrible para los reyes del orbe —recordó Catarina al incorporarse. La mujer se estremeció al encontrar, junto a su reclinatorio, el cuerpo abatido de un hombre con rizos dorados. Catarina vio el pecho empantanado en sangre, el rostro terso, algo femenino y unos ojos verdes, entreabiertos e iluminados por las veladoras del altar, que le reclamaban haberlos privado de vida.

Muy angustiada, Catarina de rodillas tomó una de las ramas de zarza que mantenía recostadas contra la pared. Sollozó y rogó en su lengua materna perdón por haber abusado de su poder. Con cada golpe del tallo espinoso sobre su espalda se hacía consciente de que nunca podría expiar un pecado tan grande. La saya de Catarina se fue desgarrando y su piel comenzó a sangrar, pero ni aun así la mujer pudo borrar la visión del cadáver de Fernán.

Fuiste poderosa, Catarina, los poblanos se inclinaban ante ti, algunos pedían consejos, otros ayuda a tus fuerzas sobrenaturales. Nadie supo con certeza de dónde emanaban tus dones, sólo había que temerles o admirarlos. ¿A quién podrías atribuir tus milagros?¿A las potencias de los cielos que obedecían a tus rezos y a tu rosario?¿O a los seres oscuros que tan bien sabías expulsar de los posesos? Milagros de la sugestión o frutos de la hechicería, todos sucumbimos ante ese poder, incluso el arzobispo virrey Juan de Palafox. Aquel gran hombre a quienes los jesuitas llamaron Tizón del Infierno *y que como tú se quedó en el camino de la canonización. Todo es tan relativo ante la perspectiva que nos ofrece el tiempo, que primero fuiste santa y luego bruja. Es el mismo tiempo que finalmente nos enterrará en el olvido.*

—Por mi vida que no tendréis esos cuños —bramó el marqués entre el polvo del patio de Veraguas.

—Eso puede arreglarse, don Fernando. Pero hoy ya ha corrido suficiente sangre —replicó Rolando Edmundo, quien no retiraba su *katana* del cuerpo tendido del marqués.

Alberto Esteban cruzó el patio al galope en un caballo que había hurtado de las caballerizas y con la rienda de otro potro atada a su silla.

—Maestro, sólo encontré una de las dos partes, estaba donde dijo don Fernán.

—Por mi vida que no tendréis la otra, esos cuños son un presente del virrey —bufó de nuevo el marqués, furibundo por haber sido traicionado por su propia sangre.

—Un presente mal habido. Fruto de extorsión, hasta donde sabemos —contestó Rolando Edmundo—. Ya hallaremos la forma de encontrar la que hace falta...

Tras una faena que dio mucho trabajo a Alberto Esteban, el marqués se encontró atado sobre el lomo del caballo frente a la casa. El muchacho lo vigilaba, mientras Rolando Edmundo revisaba las habitaciones del hacendado. De no aparecer harían un cambio de planes: se llevarían al marqués para pedir a su hijo Álvaro la parte faltante del cuño como rescate. En la loma se escuchaban nuevos disparos; el tiempo para escapar con éxito se extinguía.

El galope cercano de un caballo llamó la atención de Alberto Esteban. El joven apretó los ojos para intentar descifrar la identidad del jinete. Se trataba del capataz que avanzaba con la escasa velocidad que le permitía su mula. Parecía querer comunicarle algo. Alberto Esteban no tuvo oportunidad de volverse cuando sintió una presencia a sus espaldas. Álvaro, con la guarnición de su sable, golpeó al escudero, quien cayó sin sentido. Se aproximó a su padre y cortó las ataduras que lo aprisionaban. El marqués, haciendo gala de una agilidad que reñía con su edad y figura, se deslizó bajo el animal e ingresó a la casa en busca de un arma.

Álvaro hizo varios giros para observar si encontraba a alguien más; estaba tan obsesionado con enfrentar al resto de los bandidos que pasó por alto el cadáver de su hermano. En su afán, le fue imposible prever que del balcón del primer piso saltaría Rolando Edmundo para desmontarle.

No había aún señal de la casa, pensaba Oyan-mol, al tiempo que veía que los arcabuceros que había dejado Albérigo estaban a punto de agotar su parque. Las instrucciones habían sido muy claras. Disparó varias flechas más para detener el avance de los caballos y, al observar que algunos hombres del marqués desmontaban para ganar las faldas del cerro, se llevó su caracol ceremonial a la boca para dar la señal acordada.

Dos caracoles más respondieron en las cimas de las peñas que formaban la barranca; segundos después, varias explosiones liberaron rocas y tierra en avalancha y se encargaron de taponar la garganta de la emboscada. Indios y hombres de razón se desperdigaron por la montaña, mientras en el plano sus enemigos salían de los terrones caídos o tosían por la polvareda densa que los envolvía.

Llevaban casi una legua de ventaja cuando llegó a ellos el pavoroso estruendo de la detonación.

—Justo a tiempo —comentó Albérigo al conductor de la primera carreta.

Un centenar de varas más adelante, en la bifurcación, dejó un rastro falso hacia el puerto de la Vera Cruz con una de las carretas cargada con piedras y roca. En dos vehículos más repartieron los lingotes de plata y tomaron el rumbo noreste, borrando con mucho cuidado las huellas sobre la calzada.

Al levantarse del suelo, Álvaro no dejaba de imprecar a Rolando Edmundo, quien se preparaba para embestirlo con la mirada fija en su cuello. No hubo tanteo previo ni medición de fuerzas: Álvaro lanzó un mandoble vertical que fue esquivado por el chino, quien respondió con un tajo inmisericorde al tórax. La *katana*, contra todo pronóstico, no se hundió en el esternón ni despedazó el costillar hasta encontrar los pulmones del hijo del marqués. Apenas rasgó su chaleco hasta el almilla y se quebró a la mitad. Rolando Edmundo, sorprendido, descubrió que el pedazo faltante del cuño real pendía del cuello de Álvaro.

Sin pestañear, el chino lanzó al joven el resto de la hoja metálica con el mango y, mientras Álvaro se agachaba para evitar el golpe, el forajido contuvo con su daga un avance del marqués, quien había regresado de la casa e intentaba atravesarlo por la espalda.

Alberto Esteban despertó aturdido del golpe, justo a tiempo para ver cómo Álvaro, al verle inerme y mientras que su padre luchaba con ventaja, intentaba ensartarlo en el piso como a una lagartija. El muchacho empleó todos sus reflejos para evadir los ataques de Álvaro y rodó por el suelo buscando alejarse. Rolando Edmundo intentó ayudarlo y, aun cortando con dificultad los avances del marqués, sacó un par de *shuriken* de su faldón y lo arrojó a las manos del atacante para desarmarlo. Sólo pudo retrasarlo, pues se hallaba en una posición demasiado incómoda: una de las estrellas de metal rasgó con timidez el brazo de Álvaro, la otra rebotó en la cazoleta de su sable.

Un inesperado estallido se escuchó sobre el cerro y le siguió el fragor del derrumbe sobre el camino. Era la señal de que Oyanmol y sus hombres detendrían por pocos minutos a la gente del marqués antes de emprender la huida. Esta vez, Alberto Esteban tomó ventaja de la distracción del enemigo y pudo desenfundar su espada.

Catarina volvió a entrar en trance. En medio de las tinieblas escuchaba una voz que recitaba: *El homicida es reo de muerte. Toca al vengador de la sangre matar al homicida: cuando lo encuentre, lo matará*. Del techo espectral que cubría su visión observó la sombra justiciera que habría de aparecerse en el final de los tiempos. Su alma apabullada por la culpa no podía erguirse como de costumbre ante las cortes celestiales. Catarina musitaba un salmo que consideraba su única medida de salvación: *desde el cielo proclamas la sentencia: de miedo se paraliza la tierra. La cólera humana tendrá que reconocerte, los que sobrevivan al castigo te rodearán*. Un rayo proveniente de lo alto sacudió a la vidente; Catarina cayó desmayada y sin esperanzas durante un tiempo que no supo medir. Poco antes de despertar, como en una visión desplegada dentro de otra, abrió los ojos en una caverna acompañada por un muchacho con el que aún no había cruzado palabra. Por su fugacidad no podía reconocer si se trataba de una imagen demoniaca o celestial.

Se incorporó y volvió a arrodillarse frente a su altar, para sumergirse de nuevo en las sulfúreas aguas de la culpa. Por ello, fue incapaz de interceder cuando vio venir la estocada.

—La próxima te atravesará el corazón —repuso el marqués. Rolando Edmundo sintió un dolor en la pierna y volvió a echar mano de los artificios que cargaba en las telas de su chamelote. Esta vez un *torinoko*, pequeña cápsula de vidrio que empleaba para cegar al contrincante, estalló a los pies del marqués envolviéndolo en una nube de humo. Tras varios saltos acrobáticos, el chino retomó los restos de su *katana* y se interpuso entre su escudero, a quien habían vuelto a desarmar, y el joven Álvaro. El vástago del marqués se aprestaba para dar el golpe de gracia a Alberto Esteban. La intervención de Rolando Edmundo fue mortal: con la daga detuvo el avance del muchacho y con el filo restante de la *katana* que había recogido, cercenó con un tajo largo la garganta de Álvaro, alcanzando a desgarrar la cinta que sujetaba el ansiado cuño que pendía de su cuello.

—Pensé que estabas listo, pero por poco nos matas —reprimió Rolando Edmundo a Alberto Esteban, mientras corrían para montar en los caballos.

La maniobra fue demasiado rápida para el marqués, quien al surgir de la humareda que le envolvía contempló a los forajidos que huían a todo galope. Con amargura, don Fernando de Cebrián se arrodilló ante los cuerpos inertes de sus dos hijos y lanzó un alarido que aún retumba en los muros derruidos de aquella antigua hacienda.

XI

Donde se narra lo que sucedió en el enfrentamiento entre Rolando Edmundo y su señor Hasekura, el singular combate acaecido en el camino que une el puerto de la Vera Cruz con la Puebla de los Ángeles y cómo, años después, quien esto escribe se niega a salir de su encierro en la factoría de la Angelópolis.

Fui insensato y desenvainé la espada en contra de mi amo. Engreído y soberbio, olvidé que el primer postulado de *El camino del samurái* consiste en la devoción en cuerpo y alma al *daimyo*. Tsunenaga Hasekura, mi antiguo señor, quien me había ordenado esperar su regreso en la Puebla de los Ángeles, estrellaba con furia su acero contra el mío. Habían transcurrido más de tres años desde nuestra despedida, cuando dio inicio a su peregrinaje en Europa, visitando nobles y prelados y conviviendo a diario con las costumbres del Viejo Continente.

Aquella noche sólo pude reconocerlo por sus insultos de marinero del Quanto y la fiereza de su espada, pues el embajador vestía como cualquier hijodalgo, todo de negro y con una golilla de encaje más blanca que las nieves invernales de Sendai.

Nunca pude saberlo con certeza, pero podría apostar mi alma a que la sorpresa de Hasekura fue, en primera instancia, superior a su enfado; encontrarme asaltando su caravana al mando de una pandilla de renegados ya de por sí constituía un abuso, pero lo peor fue verme vestido a la usanza samurái, pues mi floreciente condición de salteador me permitía el lujo de encargar mis trajes a comerciantes del Galeón de Manila, mientras él se hallaba camuflado con el tocado oscuro que acostumbran los buenos cristianos. Hasekura quería subsanar la afrenta de verse en una posición inferior a la de su antiguo subordinado.

Fuimos el aprendiz y el maestro, pero habíamos cambiado mucho desde entonces o, por lo menos, eso pensaba yo, que comandaba desde hacía más de dos años una fuerza temida incluso por los soldados del virrey, que no se atrevían a perseguirnos. Por aquel entonces mi banda estaba integrada por más de un centenar de hombres; negros, indios y mestizos con un factor en común: todos habían sido expulsados de haciendas y minas.

De Sotelo y Hasekura había tenido pocas noticias, la mayor parte de ellas las recibí durante el tiempo que permanecí en el taller de Puebla. Para mediados de 1614 la embajada se hallaba en La Habana esperando a la flota y para finales del mismo año había arribado a Madrid tras haber visitado y agotado la paciencia de sus anfitriones en Sevilla, ciudad natal de Sotelo. Los recibimientos en la Península fueron calurosos aunque menos fastuosos de lo visto en la Nueva España. Al tener que huir del taller, por las razones que ya he narrado, perdí por completo el contacto con el embajador y la comitiva. Aunque había visitado la ciudad de incógnito y en pocas ocasiones para no perjudicar a Hideki, fue muy poco lo que él pudo contarme.

Supe que a mediados de febrero de 1615 Hasekura había sido bautizado en presencia de don Felipe III y su hermana la reina de Francia y que se hacía llamar «Felipe Francisco». También que el Convento de San Francisco, donde se alojaron en Madrid, era tan frecuentado por los curiosos tanto o más que en Tecpan de Tlatelolco, donde vivimos en México. Cuando me enteré de la noticia me di cuenta de que había tomado la decisión correcta al quedarme en la Nueva España. Consideraba que me hallaba en una situación mejor como cabeza de un grupo de aguerridos renegados, en vez de seguir siendo la atracción circense de los castellanos.

Hacia mediados de 1615, mientras el virrey Fernández de Córdoba se adueñaba del *Date Marú* y lo enviaba a Manila gobernado por marinos españoles y cuanto japonés pudo mandar de regreso, sus majestades imperiales sacaron a Hasekura y a Sotelo de Madrid tras ocho meses en la corte para que pudieran presentarse ante el papa. El viaje a Roma tardó seis semanas entre Zaragoza, Barcelona, Saint-Tropez, Génova y Civitavecchia, pues durante todo el trayecto se detuvieron a recibir agasajos. La entrada triunfal a Roma enterneció de tal manera al papa, que desde la vidriera de sus aposentos, donde se asomó para ver pasar el desfile, se le escuchaba exclamar: «¡Bella cosa, bella cosa!».

En audiencia con Paulo V, Sotelo obtuvo el obispado que tanto ansiaba, pero ante las crecientes noticias de las persecuciones a los cristianos en el archipiélago la prisa por regresar había desaparecido. Permanecieron en Roma hasta el año siguiente y regresaron a Madrid en abril, pero se les impidió entrar a la ciudad y se les envió hacia Sevilla para embarcarse en la flota que partiría a finales de junio. Para aquel entonces, el avance de la embajada me tenía sin cuidado y perdí todo interés en seguirles el rastro. Por la tardanza de los embajadores consideré que habían perdido todo el cuidado por los hombres que los esperaban del otro lado del Atlántico para conducirlos de regreso a su hogar.

Sabía que tarde o temprano serían echados de España tras haber agotado la católica y real paciencia de su majestad con su estéril visita. Cosa que acaeció por fin durante la primavera del año 1617, cuando se les negó una nueva prórroga y se les ordenó regresar en la Flota de la Carrera de Indias de ese año; mientras en Japón se escabechaba a los misioneros a diestra y siniestra, ellos seguían pregonando la obediencia absoluta de Date Masamune a los preceptos de la Santa Madre Iglesia.

Pero debo regresar al combate; Hasekura a pesar de los tres años de aventura europea mantenía a punto su arte samurái y lanzaba cuchilladas tan certeras como sus imprecaciones en japonés. Ante la ferocidad de su embestida, busqué defender mi cabalgadura. Fue inútil, el mejor caballo que logré robarle a don Diego Fernández de Córdoba cayó con la cabeza pendiente de unos pocos tendones. En pie, para seguir el combate a su misma altura, me preguntaba con insistencia si Tsunenaga Hasekura, (¿o debía llamarlo Felipe Francisco?) era todavía mi amo. En mi arrogancia pensé que el triunfador del combate lo decidiría; confiaba en mi juventud y me arrojé sin temor a la muerte para buscar la respuesta entre los filos de las espadas.

Nadie esperaba un combate tan prolongado. Tras un par de horas, mis hombres permitieron seguir su camino a los viajantes luego de haberlos despojado de todos los objetos de valor. Más allá de la medianoche, cada uno de los miembros de mi banda se cansó de ser espectador y se fue alejando con su parte del botín. Envueltos en aquel silencio y oscuridad, los combatientes sólo hablábamos con nuestras armas. Tras varias horas y unas cuantas heridas leves entre ambos, nuestra lucha se mantenía igualada.

Al amanecer del siguiente día, el 23 de septiembre de 1617, desde una roca sólo nos observaba fray Luis Sotelo. El ambicioso fraile (¿o debería decir obispo?) había seguido nuestro duelo sin perder detalle alguno. No pronunció ni una sílaba, simplemente permaneció impávido como un arbusto a la vera del camino.

¿Continuaba siendo Hasekura mi amo? El aprendiz contra el maestro, el joven que lucha contra el veterano. Si en un principio su vestimenta lo presentaba como un súbdito de las majestades católicas, la serenidad y eficacia de su brazo lo confirmaban como el samurái experimentado que había luchado veinte años antes en la fallida invasión a Corea, aunque eso no respondía mi pregunta. La irrupción de una recua de pellejos que transportaba vino en dirección a la capital nos obligó a separarnos. Los arrieros nos miraban como si fuéramos espectros venidos de los rincones más distantes de la tierra; sus bestias circulaban indiferentes al chasquido de los látigos. Desde el extremo opuesto de la calzada, Hasekura permanecía firme y en guardia, sin perder la concentración, muy distinto al retrato distendido que en Roma le pintó Claudio Franzese. Nuestras miradas cargadas de insidia seguían chocando al compás de los cascos que hollaban la tierra ennegrecida por el rocío matutino. El combate no se renovó hasta que no cesaron por completo los resoplidos y el restallar de los látigos en la distancia.

¿Continuaba siendo Hasekura mi amo? La pregunta revolaba de nuevo por mi cabeza sin poder enfrentarla. Había concentrado por completo mi atención en lo circunstancial del combate, olvidando que aquel hombre me había sacado de la ignorancia y la esclavitud en el Japón. Gracias a él tendría la posibilidad de regresar y establecerme en Sendai o quizás hasta ir en busca de mis familiares que hubieran sobrevivido en la China.

Con los primeros rayos del sol, mi mente fue iluminada. No fue el cansancio del combate ni la sangre perdida por las heridas lo que hizo descender mi brazo. Comprendí que los insultos y ataques del embajador reflejaban de manera fiel su decepción y disgusto por verme en tan malos pasos. Vislumbré el enorme abismo que me separaba de Tsunenaga Hasekura y fui consciente de que mi vanidad me había enceguecido. Sin importar las leguas de distancia recorridas, por más veces que hubiera sido bautizado o por más ceremonias religiosas a las que hubiera asistido en España, Francia o Italia, él no había cejado en el cumplimiento de su deber, ni había abandonado los preceptos de *El camino del samurái*. Había ido aún más allá, le había transmitido sus enseñanzas al fraile Sotelo, en cuya actitud corroboré la templanza y dominio de un samurái. Me parecía increíble que un ser tan despreciable se hubiera transmutado como lo puede hacer el plomo en oro. Sólo así pude aquilatar la magnitud del espíritu del alquimista contra el que había combatido toda la noche.

Fui consciente de mi error y busqué repararlo. Dejé caer mi arma, me arrodillé y ofrecí mi cuello a la *katana* de Tsunenaga Hasekura.

El embajador no pudo disimular por un par de segundos su perplejidad. Con toda la cautela de la que era capaz, se acercó hacia mí, tomó mi espada y se la lanzó a Sotelo, quien ya se encontraba de pie. El obispo la tomó y la partió estrellándola contra la roca desde donde había presenciado el combate.

Hasekura entrecerró los ojos, enfundó su arma, me dio la espalda y, como hombre de pocas palabras, se retiró caminando en dirección a la Puebla de los Ángeles. A unas varas de distancia sus labios emitieron un veredicto más ominoso que la muerte que ansiaba:

—*Ronin*, nunca regresarás al Japón.

Por más que intenté contenerlas, mis ojos se llenaron de lágrimas, pero el verdadero llanto dio comienzo cuando las siluetas de los dos hombres se perdieron en el horizonte. Un nuevo exilio se abría para mí, uno que se vislumbraba más deshonroso que el vivido en los mares de China, tras presenciar el asesinato de mi padre y haberme convertido en el botín de los piratas japoneses.

Recogí los restos de mi espada y vagué por los montes. En mi cabeza revivía el combate a cada instante. Hasekura se había negado a darme muerte, por lo menos una muerte honrosa. Por si esto fuera poco había destruido mi arma, impidiendo que yo pudiera darme muerte con honor. *Ronin*, un samurái sin amo, que ha fallado en su juramento. No podía presentarme ante nadie con la frente en alto, no sentía deseos de detenerme en ningún lugar porque sentía que la infamia me perseguía y se apoderaba de mí. No supe cuánto tiempo estuve errando, tal vez días, tal vez semanas. Me alimentaba de alimañas, pasto, cualquier cosa. Cuando lograba dormir lo hacía a la intemperie y en mis sueños me veía acosado por dragones de fuego. No me preocupé por buscar a los integrantes de mi banda en nuestros escondites habituales. Sabía que podrían continuar sus vidas sin mí.

Tras deambular casi hasta el límite de la inanición, con algunas heridas aún abiertas, me arrastré como pude hasta la factoría de Hideki en Puebla. Me encontraba tan andrajoso y descompuesto que nadie sospechó que podía ser el bandido que había puesto en jaque al comercio y a los viajeros de la ciudad. Llegué una mañana ante el umbral de su puerta, Hideki tuvo problemas para reconocerme pues me había convertido en una ruina humana. A pesar del peligro que esto implicaba, me acogió en su casa. Me contó que Hasekura y Sotelo se habían alojado bajo su techo durante un par de días y habían proseguido su viaje hacia la capital, esperando recibir la hospitalidad del buen virrey Fernández de Córdoba para preparar el matalotaje para el siguiente Galeón de Manila.

La Puebla no parecía un lugar seguro para los nipones: un nuevo enemigo, cada vez más poderoso, atizaba el odio contra los artesanos de la talavera. Hideki estuvo a punto de cerrar el taller y regresar con Hasekura, pero su esposa, a punto de dar a luz, lo convenció de que se quedaran.

Por la actitud hospitalaria de Hideki, estaba seguro de que nadie tenía noticia de nuestro combate y mi degradación a *ronin.* Los temas principales habían abarcado las peripecias del viaje europeo y las noticias que llegaban desde el Japón donde los templos piadosos ardían y los cristianos eran perseguidos como liebres. Deduje que Hasekura había previsto mi refugio en Puebla, tras haberse enterado del motivo que me había orillado a convertirme en salteador. Lo consideré como un atenuante de su condena hacia mí.

Tardé varias semanas en recuperarme. Hideki estaba muy contento con mi regreso, aunque lamentaba tener que mantenerme oculto. Mi condición de prófugo se convirtió en la excusa perfecta para mi penitencia.

A partir de entonces me encerré en esta habitación en la que escribo. En sus orígenes se construyó como una pequeña bodega de mercadería sobre los talleres de mayólica. No tiene grandes ventanales, apenas un tragaluz al que a veces trepo para ver el cielo y los volcanes cercanos a la ciudad. Es un lugar bastante frío en el invierno, pero su largo de doce varas y nueve de ancho me permitieron convertirlo en un taller y acondicionado también como mi vivienda. Nadie puede pasar, ni siquiera Hideki; la puerta se encuentra bloqueada con algunas piedras y mortero. Como si me hubiera enterrado en vida. Mi contacto con el exterior se lleva a cabo por una trampilla adosada a la pared similar a los tornos empleados en los conventos de clausura. Por ella recibo mis alimentos, velas, libros y materiales sin tener contacto con persona alguna.

Esa puerta funge también como locutorio, pues cuando Hideki siente su alma acongojada, se sienta junto a ella en la noche y hablamos durante horas. Ante ese rectángulo de ayacahuite, me lee cartas o noticias de colegas que se quedaron en Europa o de aquellos que aún se atreven a escribir desde Sendai. De ese modo supe que Hasekura y Sotelo abandonaron la Nueva España con el galeón de 1618. El Date Masamune no había olvidado a su valiente samurái y había enviado al capitán Yokozawa Shogen a buscarlo. Junto a la nave que emplearon para regresar vieron navegar al *Date Marú* pero esta vez bajo la bandera blanca con la cruz de Borgoña, empleada por la flota española de ultramar. La situación en Manila no podía ser más difícil pues se encontraba asediada por la armada holandesa. Con grandes dificultades, la flota pudo entrar en el puerto e incluso la nave manejada por Yokozawa fue comprada por los españoles y luchó con el *Date Marú* durante la defensa de la bahía de Cavite, donde ambas embarcaciones hicieron gala de su excelente construcción.

A partir de la llegada a las Filipinas todo transcurrió en contra de lo previsto. A causa del bloqueo holandés, Hasekura sólo pudo embarcarse hacia Japón hasta dos años después, en 1620. Que yo sepa, a julio de 1622, el obispo Sotelo no ha recibido aún el permiso del gobernador por el peligro que representan para los religiosos las persecuciones en el archipiélago japonés, pero no creo que esa negativa lo detenga. Estoy seguro de que encontrará la manera de regresar aunque ello pueda costarle la vida.

Desde Sendai recibimos recientemente una misiva corta del embajador en la que agradece a Hideki su ayuda y narra que, ante la presión ejercida por el shōgun Hidetada, el Date Masamune y su corte evalúan la posibilidad de abjurar de la fe cristiana para evitar conflictos innecesarios. Hacen lo correcto pues no hay que jugar con la poderosa autoridad de Edo, empeñada en extirpar al cristianismo de sus dominios. Es una lástima, pues es una religión fascinante que merece ser complementada por las creencias de Oriente. Los mismos padres jesuitas han sabido asimilar enseñanzas de Confucio y Lao-Tsé en sus misiones de Nagasaki y Pekín. El embajador, por su parte, ya ha abjurado del catolicismo; según deja entrever en la carta, además, su salud se ha deteriorado de forma sensible.

Hideki es la voz que me tienta permanentemente a salir de esta prisión. Él quiere que transmita mi arte de decorar biombos y mayólica a varios de sus trabajadores. Aseguró que si cambio de forma apropiada mi fisonomía y finjo una llegada a la ciudad por las fechas en que llegan las caravanas del galeón nadie sospecharía nada. De esta manera, podría retomar mi vida sin temer a la justicia, ya que para los españoles es imposible distinguir entre un chino u otro. Otra posibilidad es aprovechar el regreso de Europa de Tomás Felipe, un rezagado de la expedición de Hasekura. El buen hombre nos ha escrito contando su amarga historia; con muchas ilusiones se había quedado en España, donde creyó haber encontrado en el cristianismo su vocación. Sin embargo, por motivos que no nos explica, terminó como criado de un tal Diego Jaramillo, que lo ha tratado tan mal que hasta lo hizo herrar como a un esclavo. Si la corona se apiada de sus quejas es posible que reciba la autorización de regresar a la Nueva España en el galeón del próximo año y, según me comenta Hideki, lo integraría al taller y, tras un tiempo prudencial, yo lo suplantaría para retomar mi vida en el exterior.

Me halaga su preocupación desinteresada por mí. Digo desinteresada porque, a pesar de vender a muy buen precio las mercaderías que decoro dentro de mi celda, su conversación nunca se desvía hacia temas de dinero, ni me ha presionado por la terminación de un biombo o una vajilla.

Con su ayuda, hemos logrado perfeccionar el sistema de témpera sobre papel de arroz, que luego adhiere con suma precisión sobre las láminas de madera que conforman el biombo. También hemos mejorado el acabado de los dorados que le otorgan brillo y prestancia a los dibujos. Hideki siempre bromea diciendo que soy el único artesano al que le entrega sin reparos las finas laminillas de oro que se adhieren a las decoraciones, pues no hay forma de que salga a gastármelo por ahí.

Con esa misma confianza, Hideki ha aceptado sin rechistar mis diseños, por más audaces que parezcan. Nada replicó la semana pasada cuando incluí un par de dragones en un biombo que le encargó la Compañía de Jesús sobre el tema bíblico del Arca de Noé. No sé con exactitud cómo lo hizo, pero el cliente aceptó el trabajo y piensa encargar uno más.

Pero no todo ha sido felicidad en esta ciudad. Siguen las desavenencias con otros artesanos, aunque la mayor amenaza que se cierne sobre nosotros emana del mismo hombre que derribé en aquel curioso combate de lanzas en el que participamos al llegar a la ciudad. Don Fernando de Cebrián, el caballero que humillé con mi lanza, ha mostrado un constante interés por entorpecer nuestra actividad. Algunos piensan que alentó el asalto por el cual tuve que huir de la ciudad. Cosa que de ser cierta, no tendré ningún reparo en castigar, pero prefiero hacer caso omiso a los rumores para concentrarme en los hechos.

Según me ha comentado Hideki, a don Fernando le interesan los trabajos que realiza el taller pues podría venderlos con facilidad en el Perú, haciéndolos pasar como mercancías de Oriente, sin tener que correr los riesgos de la peligrosa travesía desde Filipinas. El poderoso mercader es dueño de varios bajeles y, según tengo entendido, comercia de forma continua con El Callao, pues ha establecido infinidad de negocios en aquel puerto, muchos de ellos poco lícitos pero muy lucrativos.

Hideki a lo largo de estos años ha sido la ventana por la cual percibo el mundo exterior. Por respeto a la amistad que me ha profesado nunca le he mencionado a qué justicia me encuentro sometido. Nunca le he dejado ver mis escritos, las remembranzas de mi vida en el otro extremo del mundo, las aventuras que viví como esclavo de japoneses y portugueses, mis peripecias en los mares de la India, China y las tierras costeras del África. Nunca, en lo que me quede de vida, le contaré la infamia que vivo desde que me convertí en un *hombre ola*, un *ronin*, un samurái sin amo. En agradecimiento a su acogida e interés por mi bienestar guardaré silencio y si la muerte me sorprende entre estas cuatro paredes, mis escritos expresarán mi gratitud y deseo de compensarlo por sus preocupaciones.

Post scriptum realizado por Rolando Edmundo e incluido en algunos folios a medio terminar

Ha sido un año aciago este de 1624 y eso que tan sólo vamos en marzo. Como cualquier país, la Nueva España sufre con las rencillas entre sus dirigentes. Me refiero al gran tumulto que vivió la ciudad de México a comienzos del año con graves consecuencias para el buen gobierno de estas tierras. Se trata de las desavenencias entre el virrey Carrillo, marqués de Gelves, y el arzobispo Juan Pérez de la Serna, el mismo que bautizó a muchos de mis compañeros de la expedición comandada por el difunto embajador Hasekura y el que, gracias a los oficios del fallido obispo Luis Sotelo, me impartió el sacramento de la confirmación.

Al buen arzobispo Pérez de la Serna, como la mayoría de los altos prelados en estas tierras, no le son suficientes los ingresos económicos que obtienen en los territorios espirituales a su cargo. De poco sirven las donaciones, limosnas y diezmos si su avaricia les exige entrar en los terrenos de la simonía, el tráfico de influencias o lucrar a título personal con negocios ajenos a los del clero.

Monseñor Juan Pérez escogió como inversión el ramo de la carne, y con ello no me refiero a aquella que es enemiga del hombre, junto con el Demonio y el Mundo, sino al usufructo de una carnicería importante de la capital. El negocio, a nombre propio pero administrado por terceros, vendía su mercancía en tiempo de desabasto a tan altos precios que las quejas llegaron pronto a los oídos del virrey, acompañadas por otras denuncias sobre la concesión de anulaciones de matrimonios por elevadas sumas de dinero y la aceptación de regalos inapropiados para un jerarca de la iglesia. La reconvención por parte del virrey Carrillo no se hizo esperar con tan poco tacto sin embargo que a partir de entonces se ganó un poderoso enemigo. Los roces fueron en aumento y, con ello, las adhesiones a la causa del arzobispo o del virrey. En Puebla también hubo quien se inclinara hacia cualquiera de los dos bandos y, como en todas partes, la disputa de los poderosos fue la comidilla de la gente.

La gota que derramó la copa vino a verterse a principios del mes de enero cuando el virrey ordenó el arresto del alcalde mayor de Metepec, amigo y socio comercial de Juan Pérez. Los jueces y soldados lo aprehendieron sin reparar en que el acusado se había refugiado en el Convento de Santo Domingo, que goza de inmunidad eclesiástica. El arzobispo, enardecido, excomulgó a todos los involucrados por la violación del recinto y, ante la solicitud que realizó la Audiencia ante el obispo de Puebla para que levantase la excomunión, armó a los clérigos y se preparó para dar batalla en otros terrenos. Hideki confiaba en que el tribunal eclesiástico de esta ciudad lograría limar asperezas, pero yo no estaba tan seguro por todo lo que había oído sobre el virrey y por lo que vi y experimenté en México cuando anduve entre los salones de los nobles novohispanos.

El 11 de enero los mexicanos se levantaron con los toques de entredicho general que sonaron en todos los campanarios de la capital. El arzobispo Pérez mandó cerrar los templos y se hizo acompañar de una multitud en protesta ante el palacio virreinal. El virrey, con su acostumbrada delicadeza y buenas maneras, ordenó desterrar al arzobispo. En un principio y para sorpresa de muchos, el arzobispo dio señales de obediencia y se marchó para el puerto de la Vera Cruz; sin embargo, al llegar a San Juan Teotihuacán (que a mi parecer no está en la ruta hacia la Vera Cruz), recibió tantos apoyos que no dudó en expedir un decreto de excomunión para el virrey y su corte, mientras llamó a todos sus clérigos a pregonar la insurrección.

Intimidados por la orden de Juan Pérez, tres oidores revocaron el decreto de destierro, pero el virrey, envalentonado, los hizo arrestar. El efecto de la rebelión no se hizo esperar y una turba armada embistió contra el palacio virreinal para tratar de apresar al mandatario y ejecutarlo por hereje y luterano. Gracias a un disfraz de sirviente, don Diego Carrillo de Mendoza y Pimentel, marqués de Gelves y conde de Priego, logró salvar su humilde pellejo mientras la casa de gobierno era saqueada e incendiada. Deambuló por las calles para refugiarse en el claustro de los franciscanos y luego huir de la Nueva España a solicitar el favor del emperador. Desde entonces, esta nación se encuentra libre de autoridad terrenal o, mejor dicho, en las manos honestas y limpias del arzobispo Juan Pérez de la Serna.

Muchas veces los pueblos son presa del afán de sus gobernantes por medrar a sus costillas. Lo más curioso y lamentable de este episodio es la manera en que ese pueblo combatió y humilló a quien, a pesar de su rudeza, defendía sus intereses, para aclamar a quien abusaba de ellos. La ausencia de autoridad está siendo aprovechada por los especuladores y facinerosos. Con seguridad yo habría hecho lo mismo de seguir al mando de la banda que otrora dirigí.

En Puebla, por ejemplo, debemos soportar las embestidas de don Fernando de Cebrián, quien tras llegar hace unos meses del

Perú, busca la manera de comprar este taller, como si se tratara de un obraje de seda o una fábrica de bizcocho.

Si el tal Juan Pérez, arzobispo, del que acabo de contar, alberga una ambición poco común, debo destacar que Fernando de Cebrián personifica y complementa los conceptos de soberbia y avaricia mismos. No contento con sus ingentes ganancias en el comercio de mercancías, muchas de las cuales manufactura en sus empresas, desea también incursionar en la minería de plata en las lejanas tierras de Zacatecas. Me cuesta trabajo comprender por qué se empecina en comprar nuestro taller, pues ocupaciones le sobran para estar pendiente de esta pequeña factoría. Temo que algo mucho más oscuro se encuentre detrás de todo esto y la verdad siempre he sentido fuerte animadversión por este personaje.

Hideki ha podido plantarle cara hasta el momento, pero temo que llegará el día en que deba salir de estas paredes para hacerlo yo mismo; ante tantos desmanes impunes es menester que alguien le ponga en su lugar. El también llamado marqués de la Flota ha logrado espantar a varios clientes y pudo sonsacar a algunos artesanos que mucho tiempo nos tomó entrenar en el oficio. A veces, cuando recuerdo los años en que comandé mi pequeño ejército personal, siento deseos de dar por terminada mi penitencia. La muerte de Hasekura, de la cual trajo noticias el galeón del año pasado, es otro motivo para salir a honrar su memoria. Al parecer falleció poco tiempo después de enviarnos aquella carta en la que agradecía a Hideki su servicio.

He pensado mucho a dónde ir cuando salga de mi encierro, creo que regresar al Japón sería una locura. Muerto el embajador será mucho más difícil tener cabida en la corte de Sendai. Además, el obispo Sotelo, quien finalmente pudo entrar de incógnito en el Japón, fue desenmascarado y se encuentra preso en Nagasaki. Según comentan, está desde hace meses a un paso de su ejecución.

Quizás espere al siguiente galeón y lleve a cabo el plan de Hideki de un nuevo ingreso a la ciudad; con los años que han transcurrido creo que ni don Fernando de Cebrián se acordaría de mí.

Lamento haber perdido la ocasión de reemplazar a Tomás Felipe, pero el fierro con el que lo marcó en el rostro su anterior dueño habría hecho imposible su suplantación.

Lo más seguro es que me quede apoyando a Hideki en el taller. Según se comenta, con las persecuciones religiosas en Japón han tenido que huir del archipiélago artistas que abrazaron el catolicismo y seguramente algunos llegarán a estas tierras. Aunque también siento mucha curiosidad por realizar el mismo viaje que realizó la embajada. A veces me pregunto qué habría sido de mi vida si hubiera acompañado a Hasekura; con seguridad no sería un *ronin*, ni habría… [Fin del texto original.]

Nota al pie del folio realizada por el padre Gonzalo Solís hacia 1706

Por lo que pude aclarar en otros folios que perdí a lo largo de los años, la vida durante el encierro del salteador Rolando Edmundo fue prolífica en cuanto a las obras de pintura y cerámica que se le atribuyen. De su excelsa calidad soy testigo a diario cuando observo su biombo sobre el Arca de Noé. De los escritos que menciona sobre sus viajes, debo resaltar la variedad de aventuras vividas en las costas africanas y la suerte de haber servido como traductor a los portugueses, así como algunos tratados breves sobre pintura, estética y arte militar.

Estuve tentado de buscar algunos de los escondites mencionados en sus descripciones, pues de ser cierto lo comentado sobre su segunda época de asaltante, logró sustraer no menos de trescientos quintales de plata pura al comerciante y hacendado poblano Fernando de Cebrián. Tal búsqueda me ha sido impedida por encontrarme lejos de la Puebla de los Ángeles, amén de las nuevas obligaciones que contraje en esta ciudad de Valladolid.

Con mucha frecuencia, cuando retomo sus escritos o los de Catarina San Juan, medito sobre nuestro presente y la forma en

...vestía como cualquier hijodalgo, todo de negro y con una golilla de encaje más blanca que las nieves invernales de Sendai.

que lo hemos construido a partir de decisiones que dan un vuelco completo a la realidad que nos habíamos acostumbrado a vivir. Aunque tarde, siempre aceptamos que muchas de esas decisiones intempestivas estaban tomadas de antemano en lo más íntimo de nuestros espíritus. Sea Providencia, Fato o quizás una voluntad interna, profunda y desconocida la que inclina nuestras acciones, encuentro sumo placer en descubrir o reconocer los resortes de nuestra actividad. Por esto mismo escribo y releo lo escrito a lo largo de mis años. Creo que Catarina y Rolando, con sus memorias personales más que el deseo de dejar una crónica, buscaban reencontrarse consigo mismos muchos años después. Con seguridad los movía la misma tribulación que albergo, y que sin duda miles más comparten o compartirán conmigo en el futuro.

Inicié algunas indagaciones para intentar encontrar más información sobre ambos chinos, pero aparte de las hagiografías y sermones alusivos a Catarina San Juan me ha sido imposible encontrar noticia alguna sobre ellos. Sobre su amor sólo quedan los comentarios de sus cartas y lo que en buena medida mi imaginación me ha permitido completar. Aún no comprendo el motivo de su separación.

No me considero digno para juzgar a ninguno de los dos personajes y mi irrupción en este manuscrito, más que una rúbrica personal, persigue completar la historia de sus encuentros y sinsabores con unas coplas. Las escuché anoche recitadas por un arriero que caminó las mismas rutas que el otrora temible forajido y no perdí oportunidad para anotarlas antes de que se borraran de mi mente. Sirva este pergamino para consignar la canción que el viento se está llevando y que quizás nunca volverá a traer:

Un canto me trae la aurora
a este guerrero de China
es Rolando que te añora
oh, mi bella Catarina.

Mujer que tu vida escondes
y lejos vives del mundo,
sediento de tus favores
padece Rolando Edmundo.

Llena de gracia te vide
con la fresca matutina
que nunca de ti me olvide
oh, mi bella Catarina.

Vuelan ya prestos tus rezos
a celestiales esferas
llueven ardientes tus besos
sobre mi piel extranjera.

Mujer sola, virgen, viuda
tus ajustados cilicios
engrandecen tu hermosura
y someten aleves vicios.

Embiste Satán artero
en la hora vespertina
enfréntole yo mi acero
tú, virtudes, Catarina.

Y en la noche de la muerte
de la justicia divina
definiose nuestra suerte
triste quedas, Catarina.

XII

Manuscrito atribuido a Catarina San Juan con algunas notas marginales de Gonzalo Solís de Armida

En las llamas del candil regreso a mi pasado y repaso las frases, los gestos, las preguntas. Las flamas se agitan y de sus penachos emergen estelas casi invisibles; a mí retornan los silencios, las caricias, las muertes. Mis dedos que ajados sostienen con pesadez la pluma añoran tu contacto, mientras la carne marchita te evoca, Rolando Edmundo, así te encuentres sepultado por los mares o sumido en el más tenebroso de los infiernos.

Los años han transcurrido sin pausa y seguirán trayéndome consigo malestares y decenas de arrugas. Del rostro lozano al que cantabas tus coplas y por el que exponías tu vida escabulléndote en Puebla, no queda ahora más que una superficie erosionada por lágrimas de ausencia. De esta pobre anciana sólo se apiada su confesor, quien ve en mi martirio y mis visiones el camino para darles a estas tierras su primera santa. ¿Por qué, padre Ramos? Le pregunto y cada interrogante lo asume como una nueva muestra de humildad y mayores méritos para que los hombres se arrodillen ante mi lastimera y demacrada figura. No sé a qué temerle más, si a la locura senil plagada de querubines que me acorrala o a los escritos de Ramos que —si éste logra su cometido— asentarán mi renombre por los siglos.

He recibido dones maravillosos, pero ninguno de ellos me ha permitido alcanzar una felicidad plena en estas tierras. Y cuando pensé que el cielo y la tierra se habían unido en una perfecta asociación, perdí todo lo que amaba. Grandes dones, ¿para qué? Nadie en su sano juicio me considera virgen. Mi ausencia de hijos en compañía de Domingo, se define como esterilidad en lugar de virtud. Y la custodia de los apóstoles a mi lecho nupcial que piensa redactar el padre Ramos, servirá más para que se rían de mí y de él, que para ganarme a la causa de los altares.

Sé que todas las religiones necesitan de sus héroes, pero ¿por qué yo? He intentado apartarme de mis recuerdos y de expiar las muertes que debo y por ello sigo mortificando este cuerpo; aunque los arrebatos y deseos de mi juventud hayan desaparecido, fueron reemplazados por la costumbre y la necesidad de conjurar la soledad y el abandono. Lo aprendí de ti, Rolando Edmundo, que cuando fuiste *ronin*, un samurái sin amo, elegiste el encierro para compensar la afrenta a tu señor. Como alternativa, a mí sólo me quedaban los rezos, las visiones, los exorcismos y el cilicio. Y los he ejercido con tal convicción que media ciudad me considera santa y la otra mitad se disputará estos huesos, todavía lentos en morir, para hacer reliquias.

A veces desearía ser como fray Luis Sotelo, quien a pesar de valerse de engaños para cristianizar a los japoneses de la corte de Sendai, supo enfrentarse con estoicismo al martirio despiadado que le propinaron sus carceleros de Omura. Quisiera transformarme como él lo hizo, olvidarte a ti, a mis muertos. Pero soy mujer y vieja; mi vida halla su significado en el recuerdo y la añoranza. Mi tiempo para las correrías y aventuras quedó atrás hace mucho.

Hoy recuerdo los días de brumas y frío, cuando aprovechaba que Domingo estaba en el puerto y huía en la madrugada de mi casa para visitarte. Cómo frenético me mostraste tus planes para construir el Cubil del Dragón, tus estrategias de emboscada y repliegue, tus dibujos y biombos que terminaron almacenados en Zacatlán.

¿Aún recuerdas nuestras pláticas? El tiempo desaparecía cuando estábamos juntos. Hablabas rápido, moviendo las manos. Hace muchos años me contaste la manera en que saliste de tu encierro; cómo aquella noche los hombres del marqués, hartos de hostigar a Hideki para que les vendiera la factoría, decidieron destruir todo lo que le era amado. Los escuchaste entrar, destruir los talleres, prenderle fuego a los corrales y atar a Hideki frente a su familia. Tu juramento te mantuvo prisionero por un tiempo, pero al escuchar los gritos y lamentos de los niños, te lanzaste a destruir la puerta que te separaba de la libertad. Maldijiste el esmero puesto en su construcción pues perdiste un tiempo valioso; esos segundos en que los cuerpos de la familia de Hideki se convirtieron en despojos. Los ecos de tu acero chocando contra la madera alertaron al lugarteniente del marqués, quien prefirió retirarse sin darle el golpe de gracia a tu amigo. Con la muerte jalando de su alma, Hideki confesó que te sabía *ronin* desde el instante en que, herido y medio muerto, cruzaste el umbral de su casa. Hasekura lo había instruido para que te permitiera purgar tus culpas con la mayor discreción. Con sus últimas palabras tu amigo te rogó que regresaras al Camino, *El camino del samurái*, el código de honor y muerte, con el que decidiste gobernar tu vida.

Sobre el cadáver de Hideki, tu amigo, juraste vengarte de don Fernando de Cebrián y retomaste tu vida de salteador tras casi siete años de encierro voluntario. Dicho juramento costó mucha sangre y desató una guerra como no se tenía noticias desde que se pacificó a los chichimecas.

Quisiste volver a ser el Rolando Edmundo asaltante. Te tomó varios años reunir a tu mesnada, pero esta vez fuiste más temible que en los tiempos del conde de Guadalcázar. La nombraste la

De esta pobre anciana sólo se apiada su confesor…

Banda de las Cinco Bienaventuranzas, porque aunque amabas el catolicismo, nunca abandonaste del todo las enseñanzas del Tao. Abrazaste la palabra de Cristo, pero nunca aprendiste a perdonar a tus enemigos. Decías que las ofensas son como un buen haiku: pueden ignorarse, desconocerse, perdonarse o borrarse, pero no olvidarse. Por más incursiones que realizaste en Puebla, Zacatecas, la Vera Cruz o Acapulco, el marqués se convirtió en una hidra cuyos tentáculos parecían imposibles de cortar.

En estos afanes te conocí, ¿lo recuerdas? Rezabas sentado en el atrio con un sombrero de paja. Fuiste a una hora en la que nadie visitaba el lugar. Nadie excepto yo, jovencita santurrona para quien nunca era demasiado temprano o tarde si de rezar se trataba. Y entonces te regañé [el resto del fragmento es ilegible]

Todo por una venganza que nunca supe comprender. No te bastaba con matarlo, querías verlo humillado, en la miseria, quitarle lo que más amaba, la base de su orgullo y su soberbia. Lo de sus hijos y su rostro fueron accidentes del destino. Pero el final, ¿no fue acaso lo mismo?

Nunca supiste perdonar, Rolando Edmundo. Me siento desolada cuando pienso que todo pudo ser distinto. Si por un instante te hubieras desecho de tu Camino y tu honor, con seguridad yo habría sido otra Catarina, la misma que por unas horas perdió los estribos, esa que nunca perdonaste. Pero tú no podías dejar de ser quien eras. ¿Lo consideraste en algún momento? Sé que nunca pensaste en mí como la curandera que sanaba las heridas de tus bandidos. ¿Pensaste alguna vez ser feliz conmigo? Sabías que yo lo hubiera entregado todo. Tú y yo hemos viajado mucho y sabemos que este mundo es lo suficientemente ancho y largo como para encontrar un lugar y ser felices. ¿Pensaste en ello antes de despedirnos?

Estoy vieja y débil y a quien pueda leer algún día estas líneas le pregunto, ¿me han declarado santa? Eso no importa, no merezco tal honor. Y tal vez tampoco merecí a Rolando Edmundo aunque siga buscándolo y lo llame en vano. ¿Por qué esta obsesión? Porque perdí mi oportunidad y tuve que contentarme con lo que quedaba. Todo aquello que viví después no importó tanto, pues siempre tuve la misma preocupación por volver al pasado, por revivir lo perdido.

¿Me han declarado santa? Pobre criatura que no avanza y sin embargo mira siempre para atrás, para observar las huellas que dejó en la arena y no cesa de lamentarse por aquellas que pudo haber dejado. ¿Se sabrá algún día la verdad? Todo lo visto, lo hecho y lo vivido, la fuente de este arrepentimiento que me acercó más a Dios y me dio posibilidad de ver cosas extraordinarias, pero nunca me quitó mis memorias ni mi soledad. ¿Pervivirán los escritos del padre Ramos? No lo sé, quisiera ver el futuro como pude ver las esferas celestiales, tener la certeza que de mí se hablará con cariño aunque todo sea mentira. Quiero reposar en paz pero la sangre de mi muchacho pesa demasiado en mi conciencia, tanto que todos estos años de expiación nunca serán suficientes para sosegarla. Es por ello que me es necesario el perdón del hombre que amé y con quien compartí los años más apasionantes de mi vida. No importa dónde se halle, si ya entregó su alma a Dios o al mismísimo Satanás. Da igual si puede leer estas líneas algún día o que permanezcan ocultas hasta el fin de todos los tiempos. Antes que yo muera, Rolando Edmundo, y por todo lo vivido, te exijo que me perdones.

XIII

Valladolid, Michoacán, Nueva España. Víspera de Navidad, 1708

La memoria es caprichosa; juega con sus imágenes en las mentes de los hombres para agasajarlos o desorientarlos. Responde a los estímulos menos esperados: un olor, un silencio, un roce, una palabra, y sabe evadir, en sus devaneos, el control que sobre ella debe ejercer la razón. Con el paso de los años el conjunto de eventos registrados en mi cabeza se ha tornado oscuro y mi memoria es como un candil errático que ilumina en ocasiones, como si la guiase una mano providencial, rincones apartados de donde resurgen episodios que había confinado a ese limbo mental que llamamos olvido.

Pero, por más intentos que realice, ¿podría olvidar yo, Gonzalo Solís de Armida, los eventos que cambiaron mi vida y me condujeron hace más de una década a estas dependencias en la diócesis de Michoacán? No sería lícito mentir en este intento de aclarar las sombras sobre mis actuaciones como procurador fiscal en el asunto de Catarina San Juan, ni negar mi fascinación por sus escritos, que por más que escondo o entierro, vuelvo a desenterrar y a leer con deleite. De esos manuscritos jamás he podido desprenderme, a pesar de haber cerrado el caso ante el Santo Oficio en México en el año aciago de 1696.

Vuelvo a cuestionarme, ¿es acaso la memoria de los escritos la que trae a mi mente los hechos acaecidos en México y Puebla? O, ¿son quizás las consecuencias que vivo diariamente aquí, en Michoacán, las que hacen sentirme identificado con la fallida santa de Alonso Ramos? Quizás sea mi conciencia la que me reprocha haber seguido el ejemplo, para algunos ominoso, de haber cedido a las pasiones bajas del ser humano.

Lo que no puedo negar es que la noticia del reciente fallecimiento del padre Ramos y sus terribles circunstancias me han volcado de nuevo a mis anotaciones y diarios en busca de esa luz caprichosa que me permita acallar los reclamos de mi conciencia.

Intentaré retomar mi crónica en el punto donde la dejé, cuando se extinguió la llama de la vela que me alumbraba en el Palacio de Santo Domingo de México hace ya casi quince años. En aquel momento la oscuridad de la noche cegó toda posibilidad de escritura, así como el olvido se tiende sobre nuestros recuerdos. Muy probablemente me aprestaba a comentar la total ineficacia de mi búsqueda de traductores para los documentos que había hallado ocultos en el oratorio de la familia Del Castillo y Altra. Ante la cantidad de tareas que acometía por esas fechas en el Tribunal, preferí guardarme los escritos como un as bajo la manga, pues gracias a la ayuda de Rosario y Juvenal, mis averiguaciones avanzaban sin pausa. Por aquel entonces mi buen Juvenal fungía día y noche como mi guardaespaldas y había logrado frustrar varios intentos de los esbirros del padre Ramos para acabar con mi vida.

Desde mi huida de Puebla, Rosario se había convertido en mi ángel guardián. Sus cartas llenas de consejos y reminiscencias de la noche que pasé en la mansión de su familia (varias de las cuales, en concordancia con mis votos, hubiera preferido olvidar) me llegaban casi a diario e impedían que el manto de indiferencia que en un momento pensé tender, cayera sobre su robusta persona.

Ella me mantenía al tanto de los movimientos del padre Ramos y me proveyó de algunos testimonios, que si bien reñían con las creencias de mi bella amada, reforzaban mis tesis acerca de Catarina San Juan, quien no había sido por cierto una mujer analfabeta, virgen y visionaria, sino una anciana nigromante capaz de manipular a su confesor con artes demoniacas.

Los testimonios recopilados por Rosario, como era de esperarse, fueron suministrados por varias de las monjas de la más rancia alcurnia de Puebla, quienes envidiaban el ascendiente que la fingida santa detentaba sobre las capas bajas y algunos altos jerarcas de la ciudad. A la vez, temían la influencia que una mujer santa, de origen dudoso y excluida de las órdenes conventuales, podría tener en la feligresía, acostumbrada a educar a su progenie en los conventos y a donar jugosas heredades a las siervas consagradas a Dios.

Debo hacer énfasis en que Rosario sabía que los testimonios dislocaban de muy mala fe la imagen recta de la santa y no buscaban más que ratificar la función de los conventos como el camino correcto que una mujer debe recorrer para poblar los altares. Y a pesar de la contradicción con sus convicciones y las de su familia, hizo lo imposible para colectarlos y hacerlos llegar a mí.

Por otra parte y de nuevo gracias a la ayuda fiel de Rosario, establecí contacto con varias facciones de sacerdotes jesuitas interesadas en suspender a Ramos en la rectoría del Colegio Mayor. Ellos resultaron muy efectivos, pues acusaron al cura de ebriedad constante, irascibilidad y descuido de sus funciones. A ello se aunó una denuncia por malversación de fondos que, a pesar de no ser demostrada por completo, le restó el apoyo de sus más encumbrados valedores.

En pocos meses, la corresponsalía de Rosario se incrementó, al límite de poder leer una carta luego de cada oración de tercia, sexta y nona; y nuestra relación comenzó a fortalecerse a pesar de la distancia. Recuerdo con algo de vergüenza la forma en que me ruborizaban algunos de sus comentarios, pues su imaginación era tan ágil como su cuerpo. De forma inexorable sucumbí ante sus encantos epistolares y di rienda suelta a mis dotes de escribanía, convirtiéndome en un corresponsal tan asiduo como ingenioso; mi diario quedó relegado por completo y de aquel tiempo conservo como muestra de nuestro intenso amor una pila nada despreciable de cartas.

Del terreno postal pasamos a los encargos y presentes. Cada semana Juvenal partía en dirección a Puebla o México, cargado de regalos, en su mayoría de carácter gastronómico. La fecha previa a su partida, me dirigía al convento de las jerónimas para encargarles a sus excelentes reposteras ate de natas, bienmesabe, tortas de cielo y suspiros de monja, dulces que hacían las delicias de Rosario, quien a su vez correspondía mis atenciones mandándome jamoncillos de nuez, gaznates y muéganos que obtenía del Convento de Santa Clara. En varias ocasiones también organizó remesas con dulces de camote que preparaban las monjas de la Concepción.

Para finales de 1694, hace ya casi quince años, completé mis averiguaciones y no dudé en reforzarlas con los puntos de vista que había redactado mi antecesor sobre la hagiografía del padre Ramos. Unas semanas antes de Navidad presenté el edicto de fe contra los apóstatas de la Angelópolis ante mis superiores en el Santo Oficio. Para aquel entonces, el poder del padre Ramos había menguado de tal forma que ya podía moverme a mis anchas por la ciudad, sin temor a ser acuchillado o atropellado accidentalmente por algún carruaje.

Sin embargo, el gozo duró pocos meses, pues con el nombramiento de un nuevo inquisidor al inicio de 1695, el proceso tomó un nuevo cariz. Si la codicia y falta de escrúpulos pudiesen personificarse en un solo individuo, éste tendría el rostro y maneras de don Diego de Villaferrán. Su ascenso al puesto de inquisidor mayor fue precedido de manejos tan truculentos que los capítulos provinciales de los agustinos palidecieron ante el descaro del nuevo inquisidor.

A su llegada, don Diego se entronizó en la sala de audiencias y se dio a la tarea de revisar cada uno de los casos que se procesaban, acompañado de un escribiente rigurosamente vestido de negro, quien asentaba en un libro de contabilidad los bienes de los implicados. El criterio de celeridad en el proceso se aplicó según la calidad de los bienes susceptibles de expropiación. Los fondos que nos proveía la Suprema y General Inquisición para el pago de nuestros sueldos pasaban de forma directa a sus bolsillos y ante nuestras quejas respondía con la mayor desfachatez, «el que no quema, no come».

Por si aquello fuera poco, su codicia le llevó a exigir a los carceleros de las mazmorras de este palacio el pago de una cuota por mantener su puesto, la cual, como era de esperarse, la obtuvieron esquilmando a los pobres reos.

Muchos de los casos más insignes y que se perseguían antiguamente con mayor rigor, como los falsos sacerdotes o los nigromantes, fueron reemplazados por la pesca de judaizantes (término que a mi parecer se aplica a las familias adineradas con escaso brillo social), pues se alcanzaban mayores dividendos que, luego de algunos trucos contables, iban a parar a los bolsillos de don Diego. Él, además, hacía la vista gorda en el momento de retribuir sus partes correspondientes al Consejo de la Suprema.

Y si se salvó de que el obispo Aguiar Seijas, hombre de gran misticismo y probidad, interviniese e hiciera caso de nuestras quejas, se debió en gran medida al dinero aportado para la construcción del nuevo santuario de Nuestra Señora de Guadalupe y al tiempo que le quitaban las obras de beneficencia y las querellas con la jerónima Juana Inés de la Cruz. Además, el inquisidor se volvió un defensor de las buenas costumbres y, ante su desaforada codicia, muchos prefirieron cuidar sus bienes acatando hasta el mínimo detalle las prohibiciones impuestas por el obispo a las peleas de gallos, las corridas de toros y las representaciones teatrales.

A los pocos meses de instalado don Diego, el zopilote que lo acompañaba se zambulló en los folios del caso de Catarina San

Juan con el noble propósito de expropiar los bienes tanto de la familia Del Castillo y Altra como de los familiares del padre Ramos y de los fieles seguidores que aún le quedaban. Los recursos interpuestos a las diferentes instancias fueron sobreseídos sin dificultad por las argucias legales de don Diego, hasta que a finales del año falleció el capitán Del Castillo y Altra, quien legó en manos de su hijo más torpe el patrimonio de la familia.

El inquisidor, quien ya había corroborado mi simpatía hacia los Del Castillo y Altra y puesto al descubierto varios de mis intentos soterrados de entorpecer su voluntad, me designó como agente para la clausura del altar de Catarina San Juan en Puebla, mientras su siniestro asistente realizaba la expropiación completa de los bienes de la familia Del Castillo y Altra. No pude negarme, don Diego lo impuso como un castigo y una prueba de lealtad. Si la rechazaba me acusaría de desacato y arruinaría mi carrera por completo. Al enterarse de ello, Rosario dejó de escribir y se negó a recibir mis mensajes y regalos.

Fueron meses muy duros, donde pude experimentar la intensidad del amor que sentía por Rosario y el vacío que me causaba su ausencia, porque a pesar de vivir separados nos unía un vínculo estrecho y fuerte. Ante las negativas que me transmitía Juvenal cada vez que regresaba de Puebla, me vi tentado a viajar a esa ciudad para poder hablar con ella. La última frase que oí de sus labios antes de escapar de Puebla daba vueltas en mi cabeza atormentándome. Ella me había confiado su vida, honra y bienes. Yo había respondido con un juramento que estaba a punto quebrantar. No podía dejar de pensar en la tristeza y enojo de mi amada, y eso, a su vez, me hacía sentir miserable. Durante noches insomnes meditaba cuál podía ser la salida correcta.

Hacia finales de aquel triste 1695, don Diego condenó a la Chuparratones a la hoguera, no tanto por sus acciones heréticas sino porque su negativa a pagar la cuota que les correspondía a los carceleros empezaba a cundir entre los demás reos de las mazmorras. Nigromante, hechicera, hereje impenitente y muchos otros títulos se le endosaron en la sentencia previa al auto de fe, que no quiso realizarse como un auto particular, sino público, para atemorizar más a los ya temerosos cristianos de la capital.

Justo el día previo al auto, hacia el día de Reyes de 1696, se me ordenó partir a Puebla para realizar la expropiación y leer la sentencia al padre Ramos. La tan codiciada tarea de destruir aquel nido de herejía me resultaba ahora el trago más amargo de mi estadía en las Indias y me obligó a reflexionar sobre el sentido de mi vocación y el amor que padecía, cada vez con mayor intensidad, por aquella joven poblana. Por aquellos días aciagos cayeron de nuevo en mis manos las cartas que sustraje del oratorio de Catarina. Volví a leerlas, pero esta vez con otros ojos. Muy pronto supe lo que debía hacer.

Frente a la mansión de los Del Castillo y Altra golpeé tres veces la madera. Los corchetes que me acompañaban y el cuervo de don Diego, quien prefirió perderse el espectáculo de la Chuparratones para asentar en libros la expropiación, estaban nerviosos ante el silencio prolongado de la espera. Rosario en persona abrió la puerta. Estaba pálida, sus ojos hundidos en la redondez de su cara; había llorado. Con gran dificultad contuve mis impulsos al verla tan desvalida y antes de poder pronunciar palabra, uno de los corchetes inició la lectura del auto del Santo Oficio, mientras que los otros dos la hicieron a un lado para franquearnos el paso.

Todos, incluyendo a Juvenal, habían huido para evitar la vergüenza pública de la expropiación y el paseíllo hasta el calabozo. Como los comisarios y el notario de secuestros que nos acompañaban desde México no conocían a ninguno de los habitantes de la casa, me fue fácil convencerlos de que Rosario formaba parte de la servidumbre. Así pude evitar su arresto. El esbirro de don Diego estaba tan atareado con el inventario de la casa que tampoco se opuso a que la diera en custodia a las monjas del Convento de Santa Rosa de Lima. Mi prima y sor Andrea de la Concepción la acogieron, mientras veía la forma de sacarla de la ciudad y llevármela a México.

Con la luz del día, volví a recorrer la humilde vivienda de los últimos años de la santona; las paredes y pisos fueron empapados con agua bendita y fumigados con incienso hasta la saciedad. En un descuido de mis acompañantes, me acerqué al retablo y retiré los restos del rosario y la espada que había dejado al escapar aquella noche. Bajo ningún concepto quise que fueran pasto de las llamas. Ante ese mismo altar de Catarina San Juan, cuando los demás creían que pronunciaba un discurso de exorcismo, juré defender a Rosario y protegerla con mi vida ante cualquier contingencia.

Luego pedí a los corchetes que arrasaran con aquel antro de idolatría. Las figuras de madera cayeron deshechas por la furia de las barras metálicas. En el patio, la pila de astillas y muebles de uso sacramental ardió hasta el atardecer. Me preparé ante las llamas para mi último encuentro con el padre Alonso Ramos.

Las sombras se habían llevado este último episodio de mi visita a Puebla, pero la noticia que recibí esta mañana me confrontó de nuevo con mis memorias. Me condujo hacia aquel hombre humillado en un rincón de una celda tenebrosa, privado del contacto con sus correligionarios, a quienes había dirigido con férrea mano y de quienes había sido apartado como si fuera portador de la peste. El rostro, otrora soberbio, se hallaba seco y vitiligoso. La nariz del padre Ramos oscilaba entre el tono violáceo de sus venas, el rojo tinte que le imprimía la ira de mostrarme incólume ante su presencia y el blanco lechoso de su enfermedad.

—Vuestra paternidad vendrá a vanagloriarse por su victoria —dijo para saludarme.

—En absoluto, mi presencia obedece tan sólo a la consumación de una mera formalidad —respondí conmovido por su situación, tras lo cual le resumí el edicto.

> Nos, los Inquisidores contra la herética pravedad y apostasía, en esta ciudad y arzobispado de México, por nuestro edicto, prohibimos y mandamos en años pasados que ninguna persona de cualquier estado, calidad y condición tuviese, pintase ni vendiese retratos y estampas de una mujer llamada Catarina San Juan, como asimismo prohibimos la circulación de una biografía de la dicha mujer, escrita por el antiguo rector del Colegio de la Compañía de Jesús, padre Alonso Ramos, por contenerse en ella revelaciones, visiones y apariciones inútiles, inverosímiles, llenas de contradicciones y comparaciones impropias, indecentes y temerarias, que *sapiunt blasphemias* (que casi son blasfemias), abusando del Misterio Altísimo e Inefable de la Encarnación del Hijo de Dios, y otros lugares de la Sagrada Escritura, y doctrinas temerarias, peligrosas y contrarias al sentir de los doctores, y práctica de la Iglesia Universal, sin más fundamento que la vana credulidad del autor...

Al llegar a este punto el padre Ramos se abalanzó sobre los ejemplares de los *Prodigios* que aún reposaban sobre la mesita apolillada que le servía de escritorio y comenzó a sollozar. A mi señal, dos corchetes lo hicieron a un lado, mientras otro recogió los escritos y un retrato de Catarina San Juan, única decoración de su celda. Todos ellos fueron llevados a alimentar las llamas del Santo Oficio.

Maldiciones nunca antes escuchadas por mis oídos retumbaron en las paredes de aquel recinto. En un alarde de fuerza sobrehumana el padre Ramos se deshizo de los dos hombres que lo sujetaban y se arrojó sobre mí. Gracias al grillete, que con gran previsión le habían aplicado sus colegas jesuitas, no alcanzó a llegar al umbral de la celda, donde yo había permanecido todo el tiempo. Al ver quebrantado su esfuerzo, cayó de rodillas y antes de que los oficiales lo redujeran a golpes, se despidió con estas palabras:

—Por más que intente enlodar su nombre, santa Catarina de Puebla prevalecerá y usted se plegará a su verdad...

Mis recuerdos se cierran en este momento como la puerta de aquella celda y sólo los juramentos del padre Ramos exigiendo la justicia divina en esta vida o en el Más Allá perviven como lamentos de alguien que ha sido enterrado vivo. Y así lo estuvo, por lo menos durante los últimos trece años, con la razón perdida, recluido en el colegio que otrora tuvo la fortuna de dirigir.

Después de varias peripecias para sacar a Rosario del Convento de Santa Rosa, regresamos juntos a México. Empleamos una ruta poco transitada que se menciona en los manuscritos de Catarina San Juan, similar a la recorrida con Juvenal cuando escapamos de los esbirros de Ramos. El mismo camino que, según pude enterarme años después en los manuscritos, fue empleado con fortuna por el bandido Rolando Edmundo en sus traslados a su escondite de invierno. En una de las cavernas cercanas al Popocatépetl, que bien pudo haber servido de abrigo a la santa en sus visitas al forajido, reafirmamos nuestros votos matrimoniales. Como prueba de mi absoluta fidelidad le entregué a Rosario la camándula de Catarina que aún adornaba una hermosa cruz de plata y conservé para mí la espada corta.

Una vez en la ciudad, oculté a mi amada durante algún tiempo en uno de los albergues que rodean el Parián. Obtuve la ayuda de un antiguo compañero de seminario que servía con el obispo Juan de Ortega y Montañez. El antiguo obispo de Michoacán a la sazón fue designado como virrey interino de la Nueva España y antes de su traslado, gracias a la intercesión de mi amigo, me ofreció una vacante en Valladolid.

El inquisidor Villaferrán cuya salud había desmejorado en gran medida desde el auto de fe en que la Chuparratones fue incinerada en la hoguera, al ver cumplimentada mi misión, dispuso con prontitud de los bienes de la familia Del Castillo y Altra. Como contraprestación a mi lealtad no expuso ningún reparo cuando le pedí autorizar mi traslado a la diócesis de Michoacán. Poco antes de la fiesta de san Juan de 1696 entré en Valladolid y para las fiestas de la Asunción, Rosario arribó a una pequeña quinta que había comprado cerca de la laguna de Pátzcuaro con el oro que saqué del oratorio de Catarina San Juan y que nunca entregué al Santo Oficio.

No me disculpo por ello, pues creo que dichos dineros se invirtieron mucho mejor en esa casa, de lo contrario habrían corrido el riesgo de terminar en los bolsillos de don Diego Villaferrán y hacer parte de las enormes riquezas que logró acumular en su corto lapso como inquisidor. Digo corto porque falleció a los pocos días de haber autorizado mi traslado a Valladolid de una extraña y dolorosa enfermedad que cubrió su cuerpo de pústulas malolientes. La muerte del inquisidor dio mucho de que hablar, pues ésta acaeció justo antes de que se cumpliese el plazo que le impuso desde la hoguera la Chuparratones, cuyo último aliento se empleó para emplazar a don Diego ante un tribunal ultraterreno sesenta días después de su ejecución.

Así llegué a Valladolid hace doce años, donde he llegado a ocupar diferentes posiciones en el Tribunal del Santo Oficio, buscando ante todo no destacar mucho en mis labores para evitar sospechas de mi otra vida con Rosario en Pátzcuaro. De esta manera, mi secreto, como el de Catarina San Juan, se ha mantenido a salvo de las suspicacias de los feligreses. Cuando visito por cortas temporadas a mi esposa y a mis dos hijos, los habitantes del lugar me tienen como un comerciante más que llega a su hogar cuando sus negocios se lo permiten.

Ha transcurrido ya más de una década y hemos sido muy felices. Mi vida oscila entre mi servicio a la congregación y el poco tiempo que logro pasar en secreto con mi familia. Es por ello que mi opinión en torno a Catarina San Juan ha cambiado tanto en estos años. Ahora comparto su devoción ciega a Dios, sin renunciar al amor humano que complementa la felicidad de sus criaturas. Creo haberme plegado a esta única verdad que encarnaba aquella misteriosa mujer. Mi simpatía ante sus confesiones ocultas y el amor que sintió por el bandido Rolando Edmundo fundamentan la razón de haber escrito estas líneas a pesar de los años que han

El rostro, otrora soberbio, se hallaba seco y vitiligoso.

transcurrido desde entonces. Cuánto daría yo por conocer más acerca de sus vidas, es una lástima que mi pobre imaginación deba reconstruirlas a partir de los pocos escritos que pude encontrar.

Sobre los manuscritos, quizá sólo me falta comentar que durante la búsqueda de vivienda en los alrededores de Pátzcuaro, la Providencia me permitió establecer contacto con los González de Mier, descendientes de artesanos japoneses venidos con la Nao de la China y fabricantes de biombos y enconchados. Sus antepasados cambiaron sus nombres asiáticos y adoptaron apellidos españoles, pero han conservado muchas de sus tradiciones y el conocimiento del idioma. De igual manera su arte responde al de su país de origen, pero los motivos son del gusto del español. Sus tablas y biombos con incrustaciones de nácar o nubes doradas son muy apetecidos, y estos grandes artesanos han sido requeridos incluso por el virrey don José Sarmiento y Valladares, quien llenó el taller con múltiples encargos.

Gracias a Juan, Miguel y Antonio González de Mier fue posible traducir los pergaminos restantes que ocultaba Catarina en su oratorio. Su lectura me acercó al forajido Rolando Edmundo, aquel personaje amado por Catarina San Juan. Sus memorias, algo sucintas para todos los acontecimientos que presenció, me acercaron a otra forma de pensar y comprender el mundo en el que vivo. He intentado averiguar más sobre su vida y lucha en contra de la opresión del marqués de la Flota, pero sólo he encontrado algunas historias que han pasado de padres a hijos y unas coplas populares que se le atribuyen.

Al observar el trabajo del taller de los González y leer la traducción de las memorias, pude constatar que el biombo que adornaba la habitación del padre Ramos durante nuestra entrevista en el Colegio de la Compañía de Jesús fue decorado por Rolando Edmundo. Sin dudar un momento hice que mi amigo Juvenal lo buscara en la ciudad de Puebla y lo trajera para adornar mi despacho. Me parece curioso pensar que lo he tenido durante años junto a mí como un tributo al amor que se profesaban ambos chinos, mientras que el recuerdo de su antiguo dueño se había borrado por completo de mi mente hasta este día.

Hoy en la mañana llegó un correo con una carta para mí procedente de la Puebla de los Ángeles. Con letra temblorosa y poco clara me escribe el rector del Colegio del Espíritu Santo en Puebla, lugar donde el fallido hagiógrafo seguía recluido. Me relata cómo el padre Ramos, a quien yo había dado por muerto hace mucho tiempo, logró escapar de su celda tras acuchillar a uno de sus carceleros. En su huida llegó a tal grado de desesperación por evitar ser atrapado, que decidió cometer el acto anti natura del suicidio y se lanzó desde el techo del Colegio Mayor. Entre las pertenencias que hallaron en el cuchitril que tenía por celda, se encontraban varios textos de nigromancia escritos en sangre con su letra. El nuevo rector, luego de examinarlos con detenimiento, se apresuró a comunicarme que Alonso Ramos, poco antes de morir, me emplazó ante una corte divina treinta días después de su muerte.

Creo en Dios y le temo. Con mis debilidades y flaquezas he buscado cumplir sus leyes. Soy humano y ser natural y a pesar de mis limitaciones no he obrado de mala fe. Amo a Rosario, amo a mis hijos, y si tuviera que vivir nuevamente lo que he relatado en estas páginas actuaría de la misma manera.

Hoy en la tarde, en previsión de lo que pueda pasar, he despachado un correo hacia mi finca con varias cartas para Rosario y mis pequeños. Quiero evitar que mi presencia pueda causarles algún mal irreparable. Mientras escribo estas líneas, en mi despacho, observo en ese biombo el arca con los animales que Nuestro Creador puso en la Tierra, con la esmerada decoración que Rolando Edmundo ideó durante su encierro en Puebla. Empuño con mi mano izquierda su *washisaki*, el mismo que durante décadas guardó como recuerdo la anciana Catarina San Juan. Un arma noble que me ha salvado la vida en varias ocasiones.

Rezaré y me prepararé para lo que pueda acontecer. El mes de plazo que me otorgó Alonso Ramos antes de su muerte ha de cumplirse mañana.

XIV

1634 ✣ LA NOCHE

Había vuelto a llover, esta vez a cántaros. Por encima de las lajas apiñadas, que dotaban de una trinchera natural al escondrijo, Rolando Edmundo observaba el juego macabro que el viento ejecutaba con los árboles. Más adentro, en el Cubil del Dragón, la muerte seguía arrebatándole a sus hombres. Algunos cadáveres de jonaces, cubiertos con piedras junto a la entrada, daban cuenta de la efectividad de los secuaces del marqués de la Flota durante la emboscada de la noche anterior. Su preocupación aumentaba a cada momento por la demora de Alberto Esteban y Catarina San Juan.

De pie y con la mirada encadenada en la furia cambiante del cielo, Rolando Edmundo había robado algunos segundos a la agonía de Oyan-mol. Algo en lo profundo de su ser intuía que el momento final del enfrentamiento se acercaba. Una oportunidad que había acariciado desde hacía diez años, cuando inició su lucha contra el imperio comercial y político de Fernando de Cebrián. No obstante, el momento actual le era adverso y seguía meditando entre replegar por completo a la banda y planear una nueva campaña o persistir en la espera de su amada Catarina.

La explosión de un relámpago lo sacó de sus cavilaciones y lo ayudó a volverse hacia el orgulloso indio que rumiaba su dolor en silencio, junto a restos de intestinos y sangre que habían sobrado al retirarle varias puntas de proyectiles. Entretanto, un par de guerreros susurraban al oído de Oyan-mol mensajes que debía transportar al reino de los muertos; él los digería con un movimiento rítmico de su cabeza y el temblor sin pausa de los párpados.

Rolando Edmundo se acercó al moribundo requiriendo con la mirada a sus dolientes que los dejaran solos. Luego se agachó para poner una mano en el pecho del jonaz y susurrarle algunas frases de agradecimiento. Omitió mencionar lo que todos a su alrededor sabían: que si Catarina San Juan hubiese llegado, Oyan-mol se habría salvado. Molesto por este pensamiento, Rolando Edmundo enfocó en su mente las acciones que ejecutaría las siguientes semanas. Regresaría a Jalapa para ajustar cuentas con el comerciante que los había delatado; reagruparía a la compañía en el escondite de Zacatlán y libraría un par de quintales de plata para rearmarse y arrasar la hacienda de Atlixco o quizás emprendería una nueva incursión a las minas de Zacatecas. Para él era indispensable sumir al marqués en la pobreza antes de acabar con su vida.

Aún inmerso en sus pensamientos, Rolando Edmundo sintió que el pecho sobre el que apoyaba su mano izquierda había dejado de moverse. Acercó su frente hasta hacer contacto con la del cadáver y ante la confirmación de lo inevitable, lanzó un chillido, primitivo y atronador, como lo había visto hacer a los demás indios para despedirse de sus muertos. Al sonido que retumbó en la caverna, le siguió en coro el resto de los jonaces, secundados, a su vez, por los mestizos y negros que, heridos en cuerpo y alma, rindieron un homenaje póstumo a uno de los lugartenientes más valientes de la Banda de las Cinco Bienaventuranzas.

No hubo tiempo para más ceremonias, por la boca de la cueva asomó la silueta renqueante de Albérigo; como todos sus compañeros, traía más mataduras en el cuerpo que una mula minera.

—Se acercan dos monturas —comentó a Rolando Edmundo—, son ellos.

—¿Por cuál ruta?

—La del este.

Por un instinto desarrollado en sus correrías, Rolando Edmundo no pudo evitar que su mano ciñera la empuñadura de su *katana*.

—Todos estamos preparados —continuó Albérigo—, bloquearemos el paso a vuestra señal.

—¿Cuántos vienen detrás?

—Unos veinte a caballo, muy atrás, unos noventa o cien de a pie. La mitad por lo menos deben de ser guachichiles.

—Esto requerirá velocidad. Llévate los arcos de Oyan-mol —ordenó Rolando Edmundo.

Antes de terminar la frase, media docena de jonaces listos para la lucha se enfiló en silencio hacia la salida. Rolando Edmundo giró su cabeza hacia el interior de la caverna para echar una ojeada al resto de sus hombres. La mayoría estaba en pie con las armas en las manos, mientras unos seguían cargando arcabuces o serpentinas. En total no sumaban más de veinte, pero ya habían salido victoriosos de combates más desiguales.

Por primera vez eran atacados en el Cubil del Dragón, pero cada uno de ellos había entrenado hasta la saciedad la táctica de defensa y conocía al dedillo lo que debía hacer. Rolando Edmundo supo que no tendría que dar indicaciones a ese grupo de hombres sin fortuna, cuyos cuerpos, cubiertos de lodo y sangre coagulada, se negaban con ferviente obstinación a la derrota. No obstante, regresó a su presentimiento sobre la cercanía del final, esta vez lo encontró certero como las flechas que lanzaba en vida el cadáver que lo contemplaba desde el suelo.

Lentamente, calculó el tiempo del que disponía y los movimientos que debería ejecutar. Decidió hacer algunos cambios; se encaminó a la salida y saltó sobre la muralla. Entonces, comenzó a dar indicaciones adicionales a sus hombres.

Muchos senderos conducían hacia el Cubil del Dragón, una cueva en las entrañas del Popocatépetl, aquel volcán humeante, venerado desde épocas remotas tanto por los habitantes del valle de Atlixco como los del Anáhuac. Su vista admiraba a Rolando Edmundo, cuya memoria evocaba las laderas perfectas del Fujiyama y por ello, además del carácter estratégico de su ubicación, decidió instalar allí uno de los baluartes de su banda.

El sendero del este recorría una serie continua de colinas que se elevaba con indiferencia junto a la gran falda del volcán, conformando una barranca larga que permitía emboscar desde las alturas y con pocos hombres cortar el paso a visitantes indeseados. Por la cercanía a los caminos que venían hacia Atlixco y Huejotzingo, nadie de la banda lo empleaba a menos que quisiera enviar una señal de alerta a los ocupantes del cubil, que vigilaban día y noche la entrada de aquella trampa natural. Al terminar la barranca, debía ascenderse a lo largo de una rampa dilatada y desprovista de vegetación o abrigo alguno en contra de las flechas o el plomo disparados desde la boca misma del cubil. Una vez librado el desnivel, se oponía resistencia desde las rocas apiladas que fortificaban la entrada del escondite. Y, en caso de vulnerar este último escollo, una maraña de pasadizos dentro de las entrañas del Popocatépetl facilitaba la huida y el contraataque. Rolando Edmundo había dispuesto todo según la máxima de su venerado Sun Tzu: «Los expertos en defensa se esconden en las profundidades de la tierra; los expertos en ataque se esconden en las más elevadas alturas del cielo».

Todo era confusión en la cabeza de Alberto Esteban. Él deseaba que sus pensamientos fuesen claros y reposados para que su agitación no lo delatase al explicar a su maestro el motivo de su retraso. Pero su mente no hacía más que traicionarlo y lo obligaba a revivir, con gran deleite, los instantes en los que la mujer que lo acompañaba lo había envuelto con aquella piel de aromas suaves y dulces hasta extraerle la más recóndita de sus tristezas.

El joven hacía un recuento de toda su vida, pero no lograba recordar algo más placentero, digno de atesorarse, que el aliento fresco de Catarina fluyendo sobre su rostro y la mórbida tibieza de su sexo. La experiencia de Alberto Esteban, a sus dieciséis años, con las jovencitas y barraganas que endulzaban las celebraciones de la banda, palidecía frente a la amante fortaleza de Catarina. Y aunque era consciente de que sobre el embeleso de aquel primer amor pendía la *katana* de Rolando Edmundo, el ardor juvenil que lo inflamaba hacía que cualquier riesgo valiera la pena.

La pareja avanzaba en silencio, sólo el ruido habitual de los cascos de la mula y el caballo interrumpían sus pensamientos. Catarina mantenía su mirada en la espalda de Alberto Esteban y esperaba con ansias que el muchacho volteara a mirarla. Sin embargo, el joven estaba tan preocupado, que se negaba a disfrutar la complicidad propia de los amantes. Ella, por el contrario, no sentía agobio alguno. Un nuevo camino se había abierto, una alternativa menos exasperante que el amor espiritual de Rolando Edmundo. Ella lo amaba también, sí, pero no podía comprender el mundo del guerrero en el que se hallaba encerrado. Le parecía que Rolando Edmundo continuaba enclaustrado en aquella habitación de Puebla. Obsesionado por su deber se había negado a poseerla como lo había hecho su escudero.

Alberto Esteban le había entregado algo que ella anhelaba, algo imposible de colmar tan sólo con el buen trato o la devoción mística que Rolando Edmundo le profesaba. Una comunión perfecta entre el cielo que le ofrecía Rolando Edmundo y el infierno lascivo de su esposo Domingo, al que siempre había sabido mantener a raya.

Y Alberto Esteban no se volvía, ¿se estaría arrepintiendo de lo ocurrido? Catarina temblaba ante esa idea. Sólo quería pensar en el porvenir, alejada de la Puebla, de la guerra entre el marqués y Rolando Edmundo, de los santos, de los rezos, de los cilicios.

Las nubes se habían vuelto cada vez más densas y el viento arreciaba. Alberto Esteban apreció la cercanía del cruce de caminos que conducían hacia el Cubil del Dragón y se dio cuenta de que había cometido un nuevo error: por no mirar a Catarina había descuidado la retaguardia. Recordó las constantes indicaciones de estrategia de su maestro y deseó tener las capacidades de éste para percibir la presencia de enemigos. Se preguntó por qué no habían funcionado la noche anterior antes de la emboscada.

El deber volvió a acuciarle y entonces giró su torso un instante para observar el camino que habían recorrido. Catarina lo estaba esperando. Alberto Esteban no escrutó el horizonte, ni se preocupó por lo que podía ocurrir más allá de la montura que le secundaba. Al descubrir la dulce expectativa de aquella mujer, pronunció con firmeza las palabras:

—En verdad os amo.

Luego, hizo girar a su caballo para llegar a Catarina y sorprenderla con un beso. El escudero percibía cómo la pétrea Catarina que había conocido aquella mañana se derretía nuevamente ante su arrojo. Esta vez se sintió poderoso, como si hubiera ascendido a una nueva etapa en su camino como guerrero. Había alcanzado por ventura alguna enseñanza que Rolando Edmundo jamás habría podido inculcarle. Al despegar sus labios pudo sentirlo; los pasos del enemigo, la respiración de sus bestias, el repicar de sus aceros llenaba cada centímetro de su cabeza. En su mente volvió a ver al Paisita, ansioso de revancha, cabalgaba junto al marqués...

Catarina lo miró confundida. Alberto Esteban retrocedió espantado ante la visión.

—Nos siguen —comentó cortante y recorrió con la vista el camino por donde venían.

Bajo la noche que despuntaba y presagiaba tormenta no se veía un alma. En silencio y con el rostro rígido, Alberto Esteban dirigió las monturas al trote, para disimular su premura, hacia el sendero del este. Había vuelto a llover, esta vez a cántaros.

Sería inoportuna, quizás, la mención de los detalles de la batalla que se libró en los alrededores del Cubil del Dragón; describir el valor de los hombres de Rolando Edmundo que perecieron ante los encarnizados esbirros del marqués; enumerar los pocos secuaces, la mayoría de ellos indios mercenarios, que sobrevivieron al asalto y prefirieron retirarse a curar sus heridas, antes que continuar apoyando a don Fernando de Cebrián. Sería más correcto eludir las escenas de heroísmo de los jonaces y los arcabuceros de Albérigo y narrar la lucha que se llevó a cabo en las entrañas del cubil...

A lo lejos se escuchaban las detonaciones que podían confundirse con los truenos de la tormenta. Rolando Edmundo, de pie sobre uno de los muros defensivos, observó cómo dos sombras ascendían con determinación hacia él. Prefirió permanecer en su lugar y callar, pues estaba concentrado en los sonidos exteriores de la lucha, atento al momento de ordenar un ataque o un repliegue.

—Son demasiados, maestro —comentó Alberto Esteban a manera de saludo sin dirigirle la vista—. Cuente con mi vida para socorrer a Albérigo en la defensa.

Rolando Edmundo distinguió algo diferente en el tono de la voz de su escudero. Sin cruzar palabra, lo miró con gravedad, buscando alguna respuesta que le aclarara su retraso. Alberto Esteban le señaló con cierto desenfado a Catarina que aún no se retiraba el rebozo de la cabeza. Ella, anteponiéndose a su pregunta, exclamó:

—Ha sido muy difícil llegar. Nos han seguido desde el amanecer e incluso este valeroso joven ha tenido que luchar para que pudiésemos alcanzar esta guarida.

—La culpa ha sido mía —terció Alberto Esteban—. No he cuidado bien la retaguardia. Sólo los descubrí cerca del cruce de caminos.

Rolando Edmundo supo que algo extraño había entre la pareja. Al ver que Alberto Esteban se aprestaba para regresar a las defensas exteriores, con toda la autoridad que acostumbraba, lo detuvo.

—¡No! Tú ya hiciste lo tuyo. Esta lucha es sólo de ellos.

El joven reculó y agachó levemente la cabeza. Ante la timidez de su gesto, Rolando Edmundo acarició de nuevo el presentimiento de la cercanía del final. Además, una nueva desazón comenzó a brotar dentro de lo más profundo de su ser, algo que podía identificar como celos o como el escozor ardiente de la venganza ante la traición.

De pronto, Alberto Esteban y Catarina vieron con sorpresa cómo el maestro saltó de la muralla, mientras en el aire desenvainaba la *katana* y cortaba a la mitad dos flechas dirigidas hacia ellos. Al instante, las paredes de la cueva retumbaron con dos disparos de los arcabuceros de la banda, quienes derribaron a sendos guachichiles a los pies de las defensas. Una entrada de la guarida se abrió con gran prisa para permitirle al grupo ingresar al Cubil. Al mismo tiempo, como se había planeado con antelación, se apagaron las antorchas que iluminaban el interior de la caverna, la cual fue devorada por la oscuridad.

Ya en el interior, Rolando Edmundo desenvainó también su *washisaki*, para dar lucha alternando sus dos espadas y ordenó el repliegue hacia las trincheras del cubil para tener un ángulo de tiro más certero sobre los atacantes.

En cuestión de segundos las sombras de más enemigos empezaron a asomarse sobre los muros y los disparos y flechas se sucedieron con ferocidad. Rolando Edmundo sabía que por la cantidad y calidad de los atacantes, pronto se entraría en un combate cuerpo a cuerpo. Cuando quiso darle una señal a Alberto Esteban para que protegiera a Catarina y la llevara a las cavidades interiores, se percató de que la pareja ya se hallaba en dirección a la galería principal.

No supo qué le molestó más, si la prisa del joven por resguardar a la dama sin esperar la orden o la mano que, con su vista acostumbrada a la penumbra, observó ajustarse con firmeza en la cintura de la santa. Sus sospechas, tan recónditas como frescas, fueron confirmadas. Su ira tuvo un justo pretexto para desfogarse: un indio que intentó impactarlo a poca distancia con una macana de pedernal. Él, blandiendo la *katana* con una sola mano, le propinó tal tajo arriba de la cadera, que lo separó en dos partes. La sangre que desparramó la parte inferior del cuerpo salpicó el rostro de Rolando Edmundo, quien tomó aquello como el bautismo de su presentimiento sobre un desenlace inminente. Pero ya el final no era lo importante, lo había relegado a un segundo plano a consecuencia de su malestar por lo visto entre Catarina y Alberto Esteban. El ataque no le había dado tiempo de inquirir a la pareja sobre sus actividades a lo largo del día, y con tantos interrogantes en su cabeza, lo único que podía hacer era dar rienda suelta a su ferocidad en el combate.

Los pasos lentos pero decididos de los guachichiles, que sorteaban el primer muro, parecían acompasarse con los disparos que se escuchaban cada vez menos en el exterior. La calma que acompaña los segundos previos al ataque, empleados para que los guerreros midan las fuerzas de sus enemigos, permitió escuchar una gran detonación. El suelo se sacudió con fuerza y tras las defensas se observó parte de la caída de rocas y tierra que obstruirían el acceso. En medio del derrumbe se escuchaban gritos y juramentos de los secuaces que se hallaban en los alrededores buscando la entrada para el asalto. Para los seguidores de Rolando Edmundo, esta constituía una de las últimas tretas, la señal de que las defensas exteriores habían sucumbido y que los defensores dentro de la cueva estaban solos y por su cuenta. El desconcierto de los guachichiles al ver que se les cerraba la ruta de escape y que la cueva se había convertido en una trampa mortal, fue aprovechado por los defensores; en una carga frenética de espadas, lanzas y picas, los negros y mestizos de Rolando Edmundo dejaron el suelo cubierto con los cuerpos inertes de los indios rojos.

Rolando Edmundo y sus hombres dieron entonces un fuerte grito de victoria, a sabiendas de que esto atraería al marqués y a los hombres que le quedasen. Entre los defensores de la cueva,

Rolando Edmundo no se sorprendió de ver a Alberto Esteban, quien tras dejar a Catarina en la sala principal, había regresado para batirse en la defensa.

—Enciende las antorchas, que tengan bien claro el camino que deben seguir para encontrarnos —fue todo lo que le dijo Rolando Edmundo y se encaminó a paso ligero hacia la entrada de una de las galerías, ordenando a los demás con un gesto para que le siguieran.

Aún le bullía la sangre y no podía dejar que sus sentimientos le quitaran la oportunidad de continuar lo iniciado años atrás ante el cadáver de su amigo Hideki. Recordó una frase de un escritor nipón: «La victoria es como la luna reflejada en un lago. Si uno salta hacia ella impulsivamente, podría ahogarse».

A lo largo de la galería iluminada con algunas lámparas de aceite, Rolando Edmundo fue señalando los agujeros en los que deberían agazaparse sus hombres. De las fortificaciones portuguesas y españolas en Asia, había aprendido el arte de oscurecer los corredores y apostar piqueros o arcabuceros en nichos imposibles de detectar por los ojos de los atacantes, hasta el momento en que un fogonazo o una hoja de acero revelaban el escondite del defensor. En varios de aquellos lugares de defensa se encontraban ocultos municiones y armas, así como un mínimo de alimento y agua para solventar cualquier carencia en caso de tener que huir hacia el interior del cubil.

Al avanzar hacia la gruta que conformaba el salón principal, Rolando Edmundo apagaba las lámparas dejando el pasillo en total oscuridad, mientras Alberto Esteban encendía unas antorchas efímeras en la boca de la cueva, que les darían a los atacantes una idea de qué ruta tomar. En el interior se abriría fuego hacia cualquier luz o forma que apareciera en la galería.

Rolando Edmundo descorrió la cortina de paño que separaba la galería del salón principal, con un movimiento lento y calculado. Catarina lo esperaba con la mirada clavada en la que parecía ser la única entrada al salón. Su rostro se percibía sereno, hasta sonriente, en una demostración de algo que Rolando Edmundo catalogaría como la más abyecta de las hipocresías, pues esperaba a una Catarina arrepentida o suplicante. Tuvo que contenerse por primera vez; su concentración debía enfocarse en la lucha contra el marqués y muchos casos había conocido en los que el combatiente perecía por ceder ante los celos y otras bajas pasiones.

—¿Por qué lo has hecho? ¿Por qué con él? —la pregunta había escapado de su boca, de la misma manera que la ira podía sacudir todo su cuerpo y manifestarse a través de su espada.

Catarina no respondió, se mantuvo observándolo desafiante. Con su actitud le echaba en cara su exceso de misticismo, su descuido, su obsesión por los deberes en la lucha contra el marqués. Sin embargo, esas mismas eran las razones por las que lo amaba a su manera y por ello había aceptado vivir entre Domingo y Rolando Edmundo. Hasta aquella mañana.

—¡Hombro con hombro, espada con espada! —se escuchó el grito lejano de Alberto Esteban mientras se le oía regresar a la carrera.

Catarina esgrimió uno de los alfanjes que estaban expuestos sobre las paredes y cerró todo intento de discusión.

—No querréis hablar de eso ahora.

Los primeros disparos reverberaron en las paredes de roca ígnea, la voz del marqués podía escucharse profiriendo maldiciones y arengando a los primeros atacantes, que cayeron como costales agujereados en medio de una nube de pólvora.

—¡Quedan muy pocos, no más de una docena y vienen con el marqués! —comentó al traspasar el paño Alberto Esteban con cierto regocijo, pues él también tenía cuentas pendientes con el Paisita y esperaba saldarlas frente a Catarina.

—Si fuesen pocos no intentarían entrar —respondió Rolando Edmundo—. Bloquearemos la galería, así terminaremos esto como Dios manda —sentenció mirando de soslayo a Catarina con una furia tan bien contenida, que la beata se limitó a responder con los labios aplanados en señal de aquiescencia.

Nunca en los años que había acompañado a Rolando Edmundo, el joven escudero había escuchado salir de sus labios la palabra «Dios», pero el hecho que le hizo temer la furia del chino fue la manera en que lo arreó con la mirada para que se escabullera con él por uno de los pasadizos secretos que comunicaba con los nichos desde donde se escuchaba el fuego nutrido de los sobrevivientes de la banda. Catarina también lo percibió y su sonrisa se apagó en su rostro súbitamente pálido mientras su mano de fuego vivo envolvió la empuñadura.

Un nuevo estremecimiento. El techo de la galería se desplomaba en los lugares donde, desde su inauguración como guarida, Albérigo había instalado algunas cargas de pólvora. Los nichos, desalojados algunos minutos antes por los seguidores de Rolando Edmundo, se llenaban con rocas, polvo y los cadáveres de los mercenarios del marqués. En el salón principal la descarga fue recibida con beneplácito por Rolando Edmundo y con desasosiego evidente por Alberto Esteban. Ambos liquidaron a la última cuadrilla de mercenarios que había acompañado al marqués y al Paisita.

Al finalizar la lucha y revisar el salón descubrieron la ausencia de Catarina San Juan. Con seguridad, pensaban los dos, había intentado seguirlos y se había extraviado dentro de los mismos pasadizos que les permitieron llegar hasta las cargas, encender las mechas y luego fingir una retirada desordenada hacia el interior, enfrentándose antes, a manera de abrebocas, a los hierros del marqués y su lugarteniente.

Alberto Esteban temía que la explosión hubiera lastimado a Catarina o que hubiera quedado atrapada bajo el alud. Rolando Edmundo, a estas alturas, había retirado de sí cualquier sentimiento colateral que no estuviera relacionado con el duelo que daría comienzo.

El marqués y el Paisita cruzaron el paño que aún pendía sobre la entrada, con cautela, pero sin expresar ningún temor. Los duelistas se organizaron en parejas sin pronunciar palabra y sus hierros resonaron sobre las rocas iluminadas con timidez por las lámparas de aceite. El marqués se abalanzó sobre Rolando Edmundo, en tanto que el sicario embistió al escudero. La táctica era evidente: terminar cuanto antes con la vida de Alberto Esteban para luego luchar en pareja contra Rolando Edmundo.

La superioridad de Rolando Edmundo sobre el marqués era tan incuestionable como la del Paisita frente a Alberto Esteban. Para el marqués estaba claro que Rolando Edmundo no intentaría matarle ni herirle de gravedad hasta ver terminada su labor y, si de suerte lograba herirle o matarle, tendría la satisfacción personal de haber asesinado por sí mismo a su peor enemigo.

Rolando Edmundo sabía que la única opción para evitar la muerte de su escudero sería la de intercambiarse en la lucha; sin embargo, el chino tardaba en deshacerse de don Fernando y buscar al sicario, de forma premeditada o inconsciente, y Alberto Esteban se daba perfecta cuenta de ello, pues la espada del Paisita empezaba a dibujar un mapa en sus brazos y tórax.

La situación habría resultado fatal para el muchacho de no ser por el regreso providencial de Catarina. Con una brisa celestial, la mujer cruzó a través de la entrada de la galería sin que ninguno de los presentes la viese descorrer con sus manos la cortina. El estupor infinitesimal que causó su arribo permitió realizar el cambio de combatientes necesario: Rolando Edmundo cruzó su *katana* con el Paisita, que profería maldiciones y mentaba enfermedades venéreas que todavía en aquellos tiempos no habían sido catalogadas como tales. Catarina, con el sayal cubierto de restos de escombros, se dirigió a un rincón; su boca repetía sin cesar alguna jaculatoria que buscaba proteger a sus dos paladines de las garras del Maligno.

El marqués atacó sin piedad a Alberto Esteban, para tomar ventaja de las heridas que le había infligido el Paisita; deseaba matarlo cuanto antes para volver a enfrentar al chino. El joven sólo rechazaba las embestidas y trataba de mantenerlo alejado, pues si llegaba a darle muerte, añadiría otro disgusto no menos fenomenal al que ya tenía en curso con su maestro. Catarina le exigía con la mirada que terminara con el infame marqués a la menor oportunidad y Alberto Esteban recordó cómo esa misma mañana la santa se negaba a acompañarlo porque algo temible se le había presentado en visiones.

En el extremo opuesto del gran salón, la batalla de Rolando Edmundo y el Paisita parecía una demostración de esgrima y acrobacia; ambos cuerpos avanzaban y retrocedían ante estocadas letales que no lograban siquiera rasgar la ropa de los espadachines. Rolando Edmundo mantenía la vista serena y el cuerpo en una tensión y elasticidad que envidiaría el mismo Tsunenaga Hasekura o quizás su admirado Miyamoto Musashi, quien como él, empuñaba dos espadas para luchar.

El marqués bufaba y profería maldiciones buscando ganar los grados del perfil de Alberto Esteban. Era consciente de que el muchacho se defendería todo el tiempo y que su nivel de esgrima había mejorado mucho desde la vez que lucharon en la Hacienda de Veraguas.

Lo acusó de haber matado a sus dos hijos y aquello hizo palidecer a Catarina San Juan, que se hallaba a corta distancia. La mujer no había tenido un minuto de sosiego desde la muerte de Fernán, pues se sabía culpable por haber desviado con sus artes aquella bala que le salvó la vida a Rolando Edmundo. Desde entonces había redoblado sus ayunos y el uso estricto de los cilicios, sin embargo tanta penitencia no parecían surtir ningún efecto en sus remordimientos, pues algo esencial hacía falta; no había revelado el pecado a su confesor.

Catarina sintió el impulso inmediato de rezar. Se puso de rodillas y buscó en vano en sus ropas. Al descubrir la desaparición de su rosario reparó nuevamente en la mancha de sangre que traía sobre el pecho. Avasallada por el remordimiento y los malos presagios se dirigió hacia el centro de la lucha que entablaban su amado y el marqués:

—*El homicida es reo de muerte. Toca al vengador de la sangre matar al homicida: cuando lo encuentre, lo matará* —recitó el salmo como un acto de penitencia.

Tras varios volantines y choques de metal que desgranaban chispas como una fragua al rojo vivo, el chino y el Paisita hicieron una pausa para intentar herirse de nuevo. Sin embargo, el grito de horror de Catarina que llegó del lado opuesto del salón paralizó a los combatientes y los hizo volverse hacia la otra pareja. El cuerpo de Alberto Esteban se tambaleaba dejando ver un perfecto tajo en la garganta por donde se le escapaba la vida. Aún con la sangre brotando, el joven emitió una sola palabra, que llegó con claridad hasta los oídos de Rolando Edmundo: «Maestro».

Luego, los ojos fijos, mirando al más allá, el cuerpo desmadejado y la caída, cuyo choque en tierra fue evitado por Catarina, que gemía desconsolada. El marqués había aprovechado la súbita distracción de Alberto Esteban al intentar defender a Catarina. Y con la misma saña conminaba al sicario para que hiciera lo propio con Rolando Edmundo.

Al constatar la gravedad de la herida de Alberto Esteban, Rolando Edmundo alcanzó a lamentarse por no haber liquidado antes su pendencia con el Paisita. Por fracciones de segundo sintió compasión por haber sacado a ese muchacho de su hogar y haberlo arrastrado durante años en sus correrías. Una conmoción amarga y delicuescente, pues al observar cómo Catarina besaba el rostro del moribundo, deseó que no trajera el cuerno que empleaba en las curaciones milagrosas.

La ira volvía a desestabilizar su espíritu, en mal momento. El Paisita embestía con la espada en alto y, con un movimiento descendente, buscaba cortar a Rolando Edmundo en dos partiendo desde su cabeza. Para detenerlo, tuvo que cruzar sobre sí el *daisho*, con poca fortuna, pues el sicario ayudado del impulso que traía, levantó una de sus piernas a la altura del tórax, clavándole la bota y algo de la espuela en el pecho, y derribándolo sobre el suelo rocoso de la gruta. Rolando Edmundo no sólo había caído, en el trayecto hacia el piso había perdido su espada larga y ahora rebatía el fierro hambriento del Paisita con su *washisaki*. Intuyó que el marqués se acercaría, deseoso de asestar el último golpe.

En la difícil defensa, Rolando Edmundo se arrastró de espaldas hacia una de las paredes de la caverna. El Paisita no dejaba de atacarlo, pero se sorprendía de la velocidad de los reflejos del chino, quien en tan difícil posición, apenas había recibido un par de heridas superficiales en las piernas. Lo desesperado de su situación llevó a Rolando Edmundo a echar mano de uno de sus recursos favoritos. Con la mano que le quedaba libre, extrajo un *torinoko* de sus ropas y, en el momento en que el Paisita reculaba para buscar otro ángulo de ataque, lo lanzó hacia lo alto de la pared. La pequeña explosión de la cápsula de vidrio hizo saltar esquirlas del muro y entorpeció por completo la visibilidad de su atacante que lanzaba mandobles a diestra y siniestra. Rolando Edmundo, rodando sobre el piso, logró ponerse en cuclillas detrás de una roca. Sin pensarlo dos veces, la empleó como trampolín para dar un salto por encima de la cabeza del Paisita, dentro de la cual, clavó sin misericordia el acero del *washisaki*. Al resquebrajar los parietales produjo un crujido seco, interrumpido sólo por la caída del cuerpo en tierra.

Rolando Edmundo arqueó su cuerpo en el aire para preparar su aterrizaje. Había recuperado la concentración y esperaba recobrar alguna de sus armas o usar la toledana del Paisita para enfrentar al marqués, quien debía de estar a poca distancia de allí. Al tocar tierra, esta vez de pie y con todos los sentidos atentos a la aparición de su enemigo, percibió un silencio luctuoso.

Observó a Catarina, de espaldas, arrodillada ante el cuerpo de Alberto Esteban. No había rastros del marqués. Se acercó a la mujer, quien seguía sin percatarse de su presencia. Un charco de sangre que se extendía tras una roca llamó su atención. El marqués yacía junto a una saliente de la pared. Rolando Edmundo no pudo identificar a primera vista el paradero de su cabeza, pero el medio que la había separado del tronco estaba claro: el alfanje ensangrentado junto al cadáver proclamaba la fiereza de Catarina San Juan. Como en un retrato de Judith y Holofernes, la santa sostenía en vilo la cabeza aún sangrante y desprovista del antifaz de terciopelo, del otrora poderoso don Fernando de Cebrián y se la ofrecía al cadáver de Alberto Esteban. Rolando Edmundo emitió un aullido que conjugó su sorpresa y frustración: por primera vez en los años de lucha contra el marqués había subestimado a la fatalidad. Su venganza se había esfumado sin que hubiera podido consumarla. Al escuchar el grito del chino, Catarina volteó para observarlo y volver a susurrar: «El homicida es reo de muerte. Toca al vengador de la sangre matar al homicida: cuando lo encuentre, lo matará».

1634 ✣ UNA SEMANA DESPUÉS

La sangre volvía a manar; esta vez el cadáver yacía sobre un tapanco construido encima del almacén. Sobre la *katana*, con la punta apoyada en el piso, fluía nuevamente la sangre y Rolando Edmundo reconstruía su recuerdo a partir de los elementos comunes: el cuerpo tendido y la cabeza con un paradero desconocido, un charco escarlata crecía y comenzaba a escurrirse entre los maderos. De la semejanza al contraste, esta vez había saldado su deuda decapitando al comerciante jalapeño que había traicionado su confianza y la de sus seguidores.

Imposible en esos momentos no pensar en Catarina, hierática pero con todo el resentimiento relumbrando en sus ojos. La había dejado atrás, en silencio. Como un espectro la vio despedirse de Alberto Esteban. Él había escuchado uno a uno sus reproches mientras ella cavaba la fosa en las faldas del Popocatépetl para enterrar el joven cadáver. En silencio, él se ofreció para excavar la tumba, ella lo rechazó. Sólo con su mirada, sin el menor contacto físico, la ayudó a subirse a su cabalgadura y enfilar hacia la Puebla de los Ángeles. Las únicas palabras que recordaba haber pronunciado en aquel día las empleó para dispersar al exiguo grupo sobreviviente que lo esperaría en las breñas de Zacatlán.

Luego, acompañó a Catarina en una cabalgata muda. Sintió que en verdad la amaba como no lo había hecho con ninguna otra mujer, pero el vínculo que los había unido desde que ella lo cautivó en aquella capilla a las afueras de Puebla, había desaparecido. Las palabras, que de manera inútil intentó domeñar durante su encierro en la factoría, fueron incapaces de abarcar el desastre acaecido la noche anterior. No hubo motivo ni razón para discutir o siquiera intentar explicar lo que había sentido. Catarina y él volvieron a ser dos entes escindidos con una distancia tan enorme entre sí como las miles de leguas de océano que atravesaron para encontrarse en aquella ciudad fascinante, que tras haber surgido de la nada ahora tenía la osadía de disputarle el título de ciudad capital del virreinato a la imperial Tenochtitlán.

Puebla aún dormía cuando se despidieron frente a aquella puerta sin aldabón. Recordó las manos frías de Catarina al recibir su *washisaki* y los *torinokos* que lo habían salvado del Paisita. Fue su regalo de despedida, lo único que ella aceptó en atención al pasado que habían compartido. Todo se había dicho sin palabras. Rolando Edmundo subió sobre su caballo y se alejó envuelto en su capa monacal, a paso lento, sin volver la vista.

Despuntaba el alba al abandonar las calles de San Sebastián el Alto, donde en pocos instantes reaparecerían los artesanos, los indios, los monjes y funcionarios. Él supo perfectamente qué hacer. Tuvo la certeza de que Catarina, más temprano que tarde, lamentaría aquel final, que sola no hallaría el equilibrio entre su vida mística y la mundanidad que a todos nos hace humanos. Que quizás en la locura o en la evasión del mundo pacerían los demonios del remordimiento y la culpa.

Catarina la santa, Catarina la mujer, Catarina la esencia femenina, sublimación del cuerpo y el alma, Catarina la obsesión, la locura. Catarina extraviada entre lo visible y lo invisible, entre lo tangible y lo etéreo. Catarina la milagrosa, la venerable, la poblana. Catarina encerrada en sí misma, madrastra, chocolatera. Catarina la anciana indómita y bozal, teóloga y analfabeta. Catarina la china esclava, el espectro que sobrevivió nuestros días y se fue secando poco a poco, hasta morir de pie como un árbol. Catarina, el recuerdo y la palabra que me han acompañado durante años y siglos. Aún vives en mí, en este infierno frío. Catarina vida y muerte eternas. La Catarina que amé y tuve que abandonar al descubrir su traición. Catarina la traidora. Catarina que desdeñaste mi amor y escogiste a mi discípulo. Hoy ante la muerte, a punto de formar parte de la nada, te añoro, te invoco y te escribo.

El charco seguía extendiéndose, ahora lamía el filo de la *katana* apoyada sobre el suelo. Rolando Edmundo alzó el arma y contempló su acero pulido manchado por el líquido viscoso que brotaba del cadáver como si saliera de un hidrante. La decisión estaba tomada desde que encontró el cuerpo sin vida del marqués. Comprendió que las tierras de la Nueva España no eran más para él. El fundamento de los últimos años de su vida murió sin que él pudiera completar la venganza que había preparado. La sangre se acercó a su sandalia. Rolando Edmundo alejó su vista de la *katana* y se dirigió hacia la escalera que descendía al almacén. Tomó un trozo de uno de los géneros amontonados sobre una pequeña mesa de corte y se sentó en el primer escalón para limpiar su arma. El metal se sentía frío aun a través de la tela. Ese acero sería a partir de entonces su única posesión. Volvía a ser un *ronin* auténtico, sin una misión, sin objetivos, sin un amo a quien servir, sólo a su espada, su verdad; entregado a la estoica devoción que exigía el Camino, el único, inmutable y cierto.

Con sus más de cuatro décadas encima, Rolando Edmundo, volvería a comenzar, como lo había hecho en el Japón, como lo hizo en América. Salió del almacén con paso decidido y lento. Trepó de un salto a su montura y se dirigió hacia el este, hacia el lugar por donde nace el sol. Había tomado una decisión y ésta lo llevaría nuevamente al mar.

CRONOLOGÍA

1571 Nace en el Japón Hasekura Rokuemon Tsunenaga.

1585 Nace en Puebla de los Ángeles don Fernando de Cebrián.

1590 Nace Rolando Edmundo en Jinghdezen.

1595 Mateo Ricci se instala en Nanchang (China), dispuesto a llevar el cristianismo a toda China.

1600 William Adams llega al Japón. Batalla de Sekigahara. Tokugawa Ieyasu se impone como shōgun-jefe militar supremo. *24 de junio*. Nace Juan de Palafox en el pueblo navarro de Fitero.

1604 Rolando acompaña a su padre durante un viaje a Cantón para finiquitar un pedido especial de una vajilla. En el viaje son sorprendidos por piratas japoneses; el padre es asesinado frente a Rolando y el muchacho es hecho prisionero.

1605 Ieyasu cede el puesto de shōgun a su hijo Hidetada y se retira a Sumpu para gobernar en la sombra.

1604-1607 En un intento de escapar de los piratas japoneses Rolando Edmundo cae en poder del portugués Inacio Ferreira, a quien acompaña luego en diversas travesías. Tras varias peripecias, es vendido como esclavo a una factoría de biombos en el sur de Japón.

1607-1608 Gracias a su talento como pintor, conocimientos de esmaltes y de los gustos occidentales, Rolando Edmundo es empleado en la decoración de los biombos. Aprende japonés de un viejo cocinero. El dueño de la fábrica es discípulo de misioneros jesuitas y decide convertirse al cristianismo. Rolando Edmundo inicia su aprendizaje del castellano.

1608 Rodrigo de Vivero llega como gobernador a Filipinas.

1609 Rodrigo de Vivero es reemplazado por don Juan de Silva en su puesto como gobernador, se embarca de Manila hacia Acapulco en el *San Francisco*, una tormenta avería la nave y arriba a Japón. Es acogido por el shōgun y su corte. Tras varios meses, don Rodrigo parte en la nave *San Buenaventura* armada por el inglés William Adams. El shōgun, con un sentido comercial digno de elogio, pidió y consiguió de De Vivero que en la nave fuera cierto número de marineros nipones, probablemente con el fin de que conocieran la ruta al puerto de Acapulco.

Catarina San Juan nace en la antigua Delhi, capital de la India Prastha. Su padre es el gran mogor de aquel principado, llamado Maximiano o Maximino, y su madre es Bortha, de gran prestigio ambos; de él se decía que era taumaturgo y de ella, vidente, habilidades que heredó Catarina, a quien por celestes consejos pusieron el nombre de Mirrha, que quiere decir amargura. Según sus hagiógrafos, ángeles-magos aseguraron que «sería un prodigio en la tierra» pero no en su nación, sino en el Nuevo Mundo. En la infancia se le aparecen santa Ana, san Joaquín y la Virgen Niña. Santa Ana le da a Mirrha unos platos en los que había comido la Virgen y unos paños que habían servido de aliño a la recién nacida.

1610 Rolando Edmundo es bautizado por jesuitas españoles. Gracias a su amigo, el padre Felipe de la Santa Cruz, recibe la venia del dueño de la fábrica para desplazarse al Parián de Manila en calidad de intérprete. En Manila conoce al fraile Luis Sotelo y luego regresa con él al norte del Japón.

1611 *22 de marzo*. Viaja Sebastián Vizcaíno a Japón de parte del virrey Luis de Velasco como embajador ante el shōgun.

10 de junio. Arriba Sebastián Vizcaíno a Uraga, Japón; trae de regreso a los japoneses que viajaron con Rodrigo de Vivero a España y monedas de plata para reponer el barco que es ahora propiedad de los españoles.

1612 *10 de septiembre*. Regreso de Vizcaíno hacia Acapulco intentando encontrar las islas de Rica de Oro y Rica de Plata.

7 de noviembre. Vizcaíno entra al puerto de Urangava con la nave maltrecha por una tormenta que lo obliga a regresar a Japón. Pide ayuda al shōgun, pero le es negada. En el norte Sotelo y Rolando Edmundo logran impresionantes resultados con la evangelización. Vizcaíno busca su ayuda.

1613 *27 de octubre*. Zarpa la expedición en el navío bautizado *Date Marú* hacia Acapulco con Vizcaíno, Sotelo y la comitiva de Hasekura, entre la que se encuentra el joven Rolando Edmundo.

26 de diciembre. Arribo a cabo Mendocino (California).

1614 *25 de enero*. Arribo a Acapulco.

Primero de febrero. En Japón se promulga el decreto que ordena la expulsión de los religiosos extranjeros. Se desatan las persecuciones.

Semana Santa. La Comitiva pasa en México como invitados del virrey Diego Fernández de Córdoba y se aloja en un palacio cercano a la iglesia de San Francisco. Se convierten 78 japoneses.

Día de la Ascensión. Parten a Puebla.

Día de Pentecostés. Corrida de toros y suerte de cañas en Puebla. Rolando conoce a don Fernando de Cebrián.

10 de junio. Parte la comitiva de Hasekura a La Habana.

23 de julio. La comitiva de Hasekura arriba a La Habana.

3 de agosto. Parten hacia España con la flota de don Antonio de Oquendo. «Viaje bonancible, inquietado sólo por los sustos de los nuevos pasajeros, siempre intranquilos y crispados en una larga travesía por el mar abierto».

30 de septiembre. Arribo a San Lúcar de Barrameda.

23 de octubre. Llega la embajada a Sevilla, se alojó al parecer en los Reales Alcázares.

25 de noviembre. Parten de Sevilla hacia Madrid, se quedan unos días en Córdoba, pasan por Toledo.

20 de diciembre. Arribo a Madrid. En Puebla, Rolando Edmundo asesina a uno de los hombres del corregidor para salvar a su amigo Hideki. Lo declaran prófugo.

1615 *17 de febrero*. En presencia de Felipe III y de la reina de Francia fue bautizado Hasekura solemnemente a las tres de la tarde en la capilla de las Descalzas Reales; sus padrinos son el duque de Lerma y la condesa de Barajas.

28 de abril. Se despacha la Nao de Japón (el *San Juan Bautista*) con pilotos y marineros «españoles»; con una embajada de fray Diego de Santa Catalina al shōgun, se aprovecha para repatriar parte del séquito de Hasekura. La orden a la tripulación es «que se goviernen de manera que los japones no se hagan pláticos en la navegación». La embajada de fray Diego es un total fracaso por la ayuda de los ingleses, la muerte de Daifusama y el pésimo tacto de los españoles en insistir en la conversión. Adams tasa el regalo del rey español al shōgun como algo de poca valía. El monarca se niega a aceptarlo.

22 de agosto. Parte la comitiva de Hasekura de Madrid hacia Roma.

30 de septiembre. Llegada de la comitiva Hasekura a Zaragoza.

1 a 10 de octubre. Llegada de la comitiva de Hasekura a Saint-Tropez y continuación por tierra hasta Génova; sigue en barco hasta Civitavecchia. Al llegar a Roma son recibidos por el cardenal Borghese y alojados en el cuarto de Su Santidad en San Juan de Letrán. A finales del mes se realiza el majestuoso recibimiento y paseo con toda pompa y boato por la ciudad, cuyos habitantes —hasta los cardenales— se volcaron por ventanas y terrados.

11 de octubre. El corsario holandés Joris van Spielbergen arriba a Acapulco. Para combatirlo se envía a Sebastián Vizcaíno, quien evita su desembarco y avituallamiento en Salagua, actual Manzanillo. Se lo designa alcalde de Acapulco y se decide construir el Fuerte de San Diego para proteger al puerto de posteriores ataques.

3 de noviembre. La embajada de Hasekura es recibida en audiencia por el papa Paulo V.

1616 *8 de febrero*. Comitiva de regreso en Génova; Sotelo pide dinero de nuevo al rey de España. Hasekura enferma de tercianas fatigosas por el viaje marítimo.

Marzo. Muerte de Tokugawa Ieyasu, conocido también como Daifusama. Es sucedido por su hijo Hidetada.

8 de abril. La comitiva recibe en las afueras de Madrid un heraldo que le comunica la decisión del rey de enviarla directamente a Sevilla para que se embarque en la próxima Flota de la Nueva España.

21 de mayo. Se expiden cédulas para los religiosos, permitiéndoles abandonar España. «Parece que todos tenían bastante y que unos y otros estaban hasta la coronilla: a los españoles los agobiaban las obligaciones y deberes contraídos con sus huéspedes, por quienes sentían una extraña muestra de miedo y admiración; los japoneses, a su vez, estaban exhaustos y hartos de estar tanto tiempo fuera de su patria y de sus costumbres, convertidos como estaban en espectáculo permanente a mayor gloria de Felipe III, del papa y de la Orden Seráfica».

22 de junio. Regresan con la flota veinte de los acompañantes japoneses de Hasekura y un par de frailes. Hasekura se niega a embarcar aduciendo problemas de salud, al parecer inexistentes. Se queda con Sotelo en Sevilla a gran disgusto de las autoridades españolas. Se les ordena partir en la siguiente flota, de 1617; Sotelo intenta de mil maneras obtener una prórroga a la de 1618.

Rolando Edmundo, reconocido como un hábil asaltante, recibe el apoyo de muchos de los desheredados y se dedica al pillaje y la rapiña en el camino real de Veracruz a México.

24 de octubre. Bloqueo de Manila por los holandeses comandados por Joris van Spielbergen; la Flota de Nueva España logra arribar con mucha suerte; sin embargo, los juncos de sangleyes son interceptados y robados.

1617 *10 de mayo.* Nace Alberto Esteban.

13 de marzo. Arriba fray Diego de Santa Catalina a Tintoqué (México) y luego a Acapulco en la muy maltrecha *San Juan Bautista.* El embajador se queja de haber sido tratado como «indio» por los japoneses. Al enterarse de las malas noticias en Japón y de las guerras con los holandeses, los españoles deciden responder con gran mesura y equilibrio al shōgun.

15 de abril. Victoria naval de don Juan Ronquillo en playa Honda logra atenuar la amenaza holandesa.

4 de julio. Parten Sotelo, Hasekura y «cinco criados suyos asimismo japones» hacia la Nueva España.

22 de septiembre. Rolando asalta la caravana en que regresan Hasekura y Sotelo.

1617-1624. Rolando pasa siete años encerrado en la fábrica, confeccionando artesanías de excelente calidad. Es ocultado por Hideki, el único miembro de la expedición de Hasekura que se queda en Puebla.

1618 Hasekura y Sotelo parten a Manila. En su escolta va el *San Juan Bautista.*

1619 Bloqueo de Manila por piratas holandeses impide a Hasekura y a Sotelo regresar al Japón. Tienen que esperar al año siguiente. En el combate se emplea también al *San Juan Bautista.*

1619-1620 Catarina San Juan y su familia abandonan su ciudad por motivos de guerras y se van a vivir a un puerto de sus dominios. Catarina es raptada por piratas portugueses.

Después de mucho deambular es embarcada en Manila con destino a Acapulco, a donde llega vestida como mancebo.

1620 Persecución contra cristianos arrecia en el Japón. Es vedado el comercio con portugueses, españoles e ingleses; sólo se tolera a los holandeses. Hasekura regresa al Japón, mientras Sotelo permanece en Filipinas por órdenes del gobernador. Don Fernando de Cebrián medra con el comercio con Perú.

1621 Aunque se dice que estaba destinada al servicio del virrey don Diego Carrillo, a finales del año Catarina San Juan se encuentra instalada en Puebla, en la casa del capitán Miguel de Sosa en el barrio del Alto y cerca de San Francisco. Don Fernando de Cebrián adquiere la Hacienda de Veraguas.

1622 Tras muchas peripecias Sotelo llega a Japón, donde es arrestado, trasladado a Nagasaki y luego a Omura. Muere Tsunenaga Hasekura en Sendai; se desconoce la fecha exacta. *26 de septiembre*. Tomás Felipe, antiguo integrante de la expedición de Hasekura en Europa, se convierte en criado de Diego Jaramillo y al poco tiempo es herrado por su amo como esclavo y se le niega el pago de sus servicios. Tomás Felipe pide ayuda al rey para ser puesto en libertad y volver a su tierra. La gracia le es concedida en esta fecha.

1623 Iemitsu asume el shogunato en Japón.
7 de junio. Tomás Felipe se embarca en la Flota de la Nueva España, buscando volver al Japón.
10 de junio. Tomás Felipe llega a Puebla y se integra a la factoría de Hideki; intenta convencer a Rolando para que salga de su encierro.

1624 *11 de enero*. El arzobispo Pérez de la Serna en pendencia con el virrey manda a tocar entredicho general, cierra los templos y se hace conducir en silla de manos al palacio virreinal, al frente de una enardecida multitud. El virrey Diego Carrillo de Mendoza, de acuerdo con los oidores, se ve precisado a desterrarlo.

15 de enero. Gran tumulto en la ciudad de México; la muchedumbre toma el palacio virreinal y le prende fuego. El virrey Carrillo debe huir disfrazado para evitar su linchamiento, es depuesto y debe regresar a España. El regreso a la ciudad del arzobispo Pérez de la Serna logra apaciguar los ánimos.

Marzo. Una escuadra holandesa comandada por el príncipe de Nassau toma Acapulco; la guarnición huye sin presentar resistencia. Los holandeses de adueñan de la plaza por unos días y se retiran.

Fray Luis Sotelo es quemado vivo en Omura, junto a otros dos hermanos franciscanos, un jesuita y un dominico. Rolando Edmundo sale de la factoría y jura venganza contra don Fernando de Cebrián por la muerte de su amigo Hideki.

4 de diciembre. Muere don Miguel de Sosa. En su testamento da la libertad a Catarina San Juan, pero con la condición de que siguiera sirviendo a doña Margarita, su viuda, como criada en un convento. Por esos días Catarina frecuenta al fraile franciscano fray Juan Bautista quien le regala un «fragmento de cuerno de unicornio», con el cual Catarina hará después curaciones milagrosas. Doña Margarita ingresa al Convento de Santa Teresa, pero Catarina se queda en la calle. La recoge el clérigo Pedro Suárez.

1625 Rolando Edmundo funda la Banda de las Cinco Bienaventuranzas.

1626 El clérigo Pedro Suárez casa a su criado chino Domingo y a Catarina, de diecisiete años. El chino acepta sin entender y «proponiéndole la obligación del matrimonio», Catarina se rehúsa. Nada consiguió con tratarla de «hechicera y bruja» ni con quererla matar, ni con enfermarse gravemente. Catarina fue inflexible. Nadie la creyó virgen y vivió «con la nota afrentosa de estéril y sin la corona de virgen en las humanas estimaciones», escribe Ramos.

1627 Se prohíbe totalmente el comercio de productos entre la Nueva España y el Perú, no sólo de las mercancías de China que llegaban a Acapulco, sino de las de Castilla que llegaban a Veracruz. Grave golpe a la industria de Puebla de los Ángeles.

1629 *Agosto.* Alberto Esteban se integra a la banda de Rolando Edmundo. Don Fernando de Cebrián contrata a el Paisita en El Callao.

22 de septiembre. Abandono y negligencia en los trabajos de desagüe de la ciudad de México causan la gran inundación. Se estima que murieron más de treinta mil personas ahogadas o atrapadas entre los escombros. Unas veinte mil familias tuvieron que desplazarse. La emergencia duró dos años.

1632 Incursión en la Hacienda de Veraguas. Don Fernando de Cebrián hace llamar al Paisita.

1633 Incursión de la Banda de las Cinco Bienaventuranzas en Zacatecas. Se prohíbe el cristianismo en todo Japón y se obliga a toda la población a registrarse en los templos.

1634 Asalto final del marqués de la Flota a la Banda de las Cinco Bienaventuranzas.

1635 Rolando Edmundo arriba a Sevilla.

1637 Rebelión de Shimabara en el sur del Japón.

11 de junio. Fallece de hidropesía en el Convento de la Concepción de Puebla sor María de Jesús, amiga y mentora de Catarina San Juan.

1639 Iemitsu ordena el aislamiento de Japón del resto del mundo; sólo se permite el comercio con los holandeses en la isla de Dejima en Nagasaki. La prohibición estará vigente hasta 1853.

22 de junio. Juan de Palafox toma posesión como obispo de la diócesis de Puebla de los Ángeles. Trae también el cargo de visitador general de los reinos y tribunales de Nueva España.

1640 Catarina hace un viaje de peregrinación a Cosamaloapan acompañada por Domingo y pide licencia al obispo de Puebla, Juan de Palafox.

1642 En su calidad de obispo de Puebla, Juan de Palafox asume por seis meses el virreinato hasta la llegada de García Sarmiento de Sotomayor.

1644 Muerte de Domingo Suárez en Veracruz. Catarina pasa a vivir con la familia Del Castillo y Altra; ocupa el mismo aposentillo en el que murió y que luego fue transformado en oratorio.

1647 Inicia la controversia de Juan de Palafox con los jesuitas. Le cesan del cargo de visitador.

1648 El rey ordena a Juan de Palafox volver a España «sin ninguna dilación en la primera ocasión que se ofreciere».

1649 *11 de abril.* Gran Auto de Fe en la ciudad de México y quema de los «judaizantes»; eran 109 condenados de los cuales durante el proceso, que tardó siete años, ya habían muerto 57. *18 de abril.* Juan de Palafox consagra la Catedral de Puebla; veinte días más tarde, sale para España. Cuatro horas tardó en salir de la ciudad, por el gentío que atestaba el camino. En España se le destina otra diócesis de menor importancia en donde trabajará hasta sus últimos días.

1650 *21 de marzo.* Rolando Edmundo muere en Jinghdezen.

1653 Para evitar el peligro de un culto indebido por parte de los indios, la Inquisición hace retirar los retratos de Palafox. En Puebla se recogieron más de seis mil.

1659 *1 de octubre.* Muere Juan de Palafox.

1664 Nace en Michoacán, Miguel González de Mier, hijo del artesano japonés Tomás González Villaverde. Catarina San Juan tiene la visión mística del «esposo crucificado».

1669 *Primero de noviembre.* Nace en Cáceres, Extremadura, Gonzalo Solís de Armida.

1676 Manuel Fernández de Santa Cruz asume el obispado en Puebla de los Ángeles. Se publica la primera biografía de sor María de Jesús por el presbítero Francisco Pardo.

1680 Catarina exorciza el oratorio de los felipenses. Según algunos estudiosos, ese mismo año se creó en el Convento de

Santa Rosa de Lima el mole poblano, bajo la inspiración culinaria de la superiora sor Andrea de la Asunción.

1683 Se publica una nueva biografía de sor María de Jesús por el licenciado Diego de Lemus en León, España.

1688 *5 de enero*. A las cuatro de la mañana, Catarina muere a la edad de setenta y nueve años (unos dicen que ochenta y dos) semiparalizada y casi ciega. Se apareció en la ciudad una ráfaga de luz que anunció su muerte. Fue enterrada en la iglesia jesuita del Colegio del Espíritu Santo. Sus confesores sostienen que no aprendió a leer ni a escribir.

1689 Se publica en Puebla la primera parte de *Prodigios de la Omnipotencia y milagros de la Gracia en la vida de la venerable sierva de Dios, Catharina de San Joan.*

1690 Se publica en la ciudad de México la segunda parte de los *Prodigios*, a cargo de Alonso Ramos.

1691 Se publica la *Respuesta a sor Filotea*, de Sor Juana Inés de la Cruz. Se prohíben por la Inquisición novohispana los retratos en grabado de Catarina San Juan que pululaban en Puebla.

1692 Se publica la tercera y última parte de los *Prodigios* en la Casa Profesa de la ciudad de México. La carestía de alimentos y el hambre provocan un motín popular y saqueos en la ciudad. Los *Prodigios* es prohibida en España por la Inquisición por blasfema. Para tratar de solventar los problemas de los primeros tomos de Ramos, José del Castillo y Graxeda publica *Compendio de la vida y virtudes de la venerable Catarina de San Juan*. Arriba a la Nueva España el joven Gonzalo Solís de Armida.

1693 Alonso Ramos es restituido como rector de la Compañía de Jesús de Puebla.

1694 Se estudia en la congregación jesuita remover a Alonso Ramos de su cargo dada su «destemplanza y exceso de beber».

1695 *17 de abril*. Muere Sor Juana Inés de la Cruz.
25 de marzo. Monseñor Aguiar y Seijas pone la primera piedra del nuevo templo de la Señora de Guadalupe.

1696 La Inquisición mexicana ordena la confiscación de los *Prodigios* en todo el virreinato y la clausura del altar dedicado a Catarina San Juan.

27 de febrero. Juan de Ortega y Montañez, obispo de Michoacán, es nombrado virrey interino.

23 de junio. Gonzalo Solís de Armida entra en Valladolid, Michoacán.

15 de agosto. Rosario del Castillo y Altra llega a la quinta cerca de Pátzcuaro.

1698 Intento de escape de Alonso Ramos, apuñala y deja malherido a su sucesor en la rectoría.

1699 Muere el obispo de Puebla, Manuel Fernández de Santa Cruz, sor Filotea.

1708 *Noviembre*. Muere en Puebla Alonso Ramos.

1719 Muere en las cercanías de Pátzcuaro, Gonzalo Solís de Armida.

1867 El papa Pío IX beatifica a Luis Sotelo.

ÍNDICE